アラユルコトヲ
ジブンヲカンジョウニ入レズニ
ヨクミキキシワカリ
ソシテワスレズ
野原ノ松ノ林ノ蔭ノ
小サナ萓ブキノ小屋ニヰテ
東ニ病氣ノコドモアレバ
行ッテ看病シテヤリ

にほんごであそぼ

雨ニモマケズ

齋藤孝

まえがき「始《はじ》まっている」

この本はNHKの番組『にほんごであそぼ』を楽しむための解説本《かいせつぼん》です。あの番組は『声《こえ》に出《だ》して読《よ》みたい日本語《にほんご》』（草思社）で紹介《しょうかい》された名言《めいげん》、名句《めいく》の幼《よう》児版《じばん》はあるのだろうかという、NHKからの質問《しつもん》から始まりました。僕は、番組の監修《かんしゅう》をしています。結果は、なんと、子どもだけでなく、その親、大人たちまで巻《ま》き込《こ》む大ヒット。2歳《さい》〜6歳に限定《げんてい》していえば『ドラえもん』に次ぐ高視聴率《こうしちょうりつ》。43.8％（NHK放送文化研究所、平成15年6月幼児視聴率調査より）

全国各地の子どもたちが『寿限無《じゅげむ》』を言えるようになった。幼稚園児《ようちえんじ》だってそらで言えちゃいます。そんな時代が来るとは誰《だれ》も思わなかった。日本開闢《かいびゃく》以来そんな時代はない！ 中原中也《なかはらちゅうや》の「ゆあーん ゆよーん ゆやゆよん」も、夏《なつ》目漱石《めそうせき》も、太宰治《だざいおさむ》も、『徒然草《つれづれぐさ》』も一挙《いっきょ》に有名になりました。これらは、子どもがまったく触《ふ》れることのない〝文学《ぶんがく》〟というものでした。だけど暗誦文化《あんしょうぶんか》の復《ふっ》興《こう》をめざした僕は、ぜひ入れたかった。

一流のタレントさんが出演《しゅつえん》して、一流の演出《えんしゅつ》でやったのが良かった。お陰《かげ》で、量だけでなく質も高いものになったと思います。狂言師《きょうげんし》、野村萬斎《のむらまんさい》さんが演《えん》じた「どっどど どどうど」はみんながマネして踊《おど》りました。楽しかったね。

コニちゃん（KONISHIKI）もおもしろかった。講談師の神田山陽《かんださんよう》さんや落語家《らくごか》の柳家花緑《やなぎやかろく》さんもいろいろ教えてくれました。

でもテレビだと、見たら終わって、消えてなくなってしまうの残念《ざんねん》。せっかくだから、後から何度でも見て読んで覚《おぼ》えてしまえる[illegible]とたいと考えました。そしてできあがったのが、この本です。

『にほんごであそぼ』を、ポップで斬新《ざんしん》、そして少々ノスタルジックに仕立《した》て上げた、番組アートディレクションの佐藤卓《さとうたく》さん。この本のアートも担当《たんとう》。文字を絶妙《ぜつみょう》に配置《はいち》した。文字に生命《いのち》が吹き込まれた。古典《こてん》が長い眠《ねむ》りから目覚《めざ》めたぞ。ちょっと冒険的《ぼうけんてき》で、かわいい真四角な本の誕生《たんじょう》です。

これから、『にほんごであそぼ』以前と以降では、きっぱりと世代《せだい》が分かれてしまうでしょう。レベルの高い日本語を小さいうちから体に入れた子ども達は、大人をすぐに追い越《こ》してしまうと思います。

この本は、そんな日本語の新しい時代の幕開《まくあ》けを記録《きろく》した本です。

そして、なんたって、この一冊に一三〇〇年分のベスト文学が入っているんですからすごい！ 子どもにも大人にも鑑賞《かんしょう》にたえるに決まっています。

多くの人にこの本を楽しんでいただきたい。そして、ボロボロになるまで使ってください。

『にほんごであそぼ』監修　齋藤孝《さいとうたかし》

見返しにある「雨ニモマケズ」は宮沢賢治の直筆を転載したものです。

賢治の没後、賢治愛用のトランクから1冊の黒手帳が発見された。そこに「雨ニモマケズ」が9ページに及んで書かれている。冒頭にある「11・3」は、昭和6年(1931)11月3日を示す日付。当時、賢治は病床にあり死を予感していたといわれている。©林風舎

おことわり／文学と美術・デザインは、歴史的に対話や出会い、場合によっては衝突を繰り返して新しい表現を創造してきた。物語と物語絵巻、和歌と絵、和歌と書と絵。古典は時代時代に新たに化粧をほどこされ、何度も蘇ってきた。テレビ『にほんごであそぼ』はそのテレビ的な挑戦と考える。本書において、原作者の表記とは、字の配置や段組みを変えている箇所があります。今の時代の息吹を与える演出として採用しました。

※生没年月日は西暦で表示。
※生没年月日が確実でない場合は、頃または?と表示。
齢表示は、満年齢が原則。但し、我が国の太陽暦採用は、旧暦明治5年12月3日(新暦明治6年1月
からなので、それ以前の享年などの年齢表示は、数え年齢とした。
※杜甫は数え年齢表示。
※ヴェルレーヌ、コクトー、シェイクスピアは満年齢表示。
おひ…は、西暦表示に基づいた上、以下のデータに拠った。
/21～4/19) おうし座(4/20～5/20) ふたご座(5/21～6/21) かに座(6/22～7/22)
しし座 /22) おとめ座(8/23～9/22) てんびん座(9/23～10/23) さそり座(10/24～11/22)
いて座 /21) やぎ座(12/22～1/19) みずがめ座(1/20～2/18) うお座(2/19～3/20)

もくじ

宮沢賢治《みやざわけんじ》

１８９６（明治29）年8月27日、岩手県《いわてけん》生まれ。おとめ座。詩人、童話《どうわ》作家。代表作《だいひょうさく》『春《はる》と修羅《しゅら》』『銀《ぎん》河鉄道《がてつどう》の夜《よる》』。質屋兼古着商《しちやけんふるぎしょう》の家に生まれ、幼《おさな》い頃から鉱物《こうぶつ》や虫を熱心《ねっしん》に集めた。求道的《ぐどうてき》な法華《ほけ》経信者《きょうしんじゃ》だった。盛岡高等農林学校《もりおかこうとうのうりんがっこう》卒業《そつぎょう》、その後、稗貫《ひえぬき》農学校（現花巻農業高校《はなまきのうぎょう》）の先生になり、農業・英語《えいご》・代数《だいすう》・化学《かがく》など独創的《どくそうてき》な授業《じゅぎょう》をしながら童話を書く。羅須地人協会《らすちじんきょうかい》を設立《せつりつ》し、農民《のうみん》たちと共に農業と芸術《げいじゅつ》の一体化《いったいか》を目指《めざ》すが過労《かろう》で倒《たお》れた。理想《りそう》を追い求めた献身的《けんしんてき》な奉仕《ほうし》の一生。１９３３年没《ぼつ》。享年《きょうねん》37。

どっどど

どどうど

どどうど

どどう

「風かぜの又また三さぶ郎ろう」

どっどど　どどうど
どどうど　どどう
青《あお》いくるみも吹《ふ》きとばせ
すっぱいくゎ《か》りんもふきとばせ
どっどど　どどうど
どどうど　どどう

宮沢賢治《みやざわけんじ》

風《かぜ》の又《また》三《さぶ》郎《ろう》

宮沢賢治《みやざわけんじ》は風が大好きだった。風が吹く中を大股《おおまた》で歩きながら詩を作るのが好きだった。首から小さな手帳《てちょう》をぶらさげて、いい言葉を思いついたら手帳をとって「ホッホウ」と叫《さけ》んだ。新しいアイデアは風に乗ってやってくる。そして、8《エイト》ビートのロックのリズムのような風のような表現《ひょうげん》が生まれた。

転校生《てんこうせい》がやってきて大騒《おおさわ》ぎという物語『風《かぜ》の又三郎《またさぶろう》』。転校生が来る前には風が吹く。これは又三郎のテーマソングだ。「どっどど どどうど、登場《とうじょう》！」みたいな感じ。

番組では、とにかく野村萬斎《のむらまんさい》さんのインパクトが強い。狂言《きょうげん》で名文を表現するというテーマだったんだけど、萬斎さんは、『風の又三郎』の「どっどど どどうど どどうど どどう」の部分を見た瞬間《しゅんかん》、一瞬《いっしゅん》で動きが見えたと僕に話してくれた。

「どっどど どどうど どどうど どどう」、こいつは、自然と体を動かす呪文《じゅもん》のような言葉なんだね。自分の中で音が聞こえる、あるいは動きが見えてくるという感触《かんしょく》が起《お》こる。そのぐらい言葉に動きを与《あた》える力がある。体を動かす言葉なんだ。僕の小学生向けの授業《じゅぎょう》・齋藤《さいとう》メソッドでは、宮沢賢治の詩を読む時は、友だちとおんぶしあって読んでいる。今の時代、彼のつらさや悲しみはわかりにくいので、下の人が足を踏《ふ》ん張《ば》って、お腹《なか》の底《そこ》から地響《じひび》きが鳴《な》り渡《わた》るように読んでみてくれたまえ！

ポッシャリ

ポッシャリ

ポッシャリ

ポッシャリ

ポッシャリ

ポッシャリ

ポッシャリ

「十力《じゅうりき》の金剛石《こんごうせき》」　宮沢賢治《みやざわけんじ》

宮沢賢治は擬声語《ぎせいご》、擬態語《ぎたいご》の作り方が圧倒的《あっとうてき》にうまかった。その秘密《ひみつ》は、家の外に出て自然の中で詩や童話《どうわ》を作っていたから。机《つくえ》の上でうんうん考えてちゃ、こうはいかない。自然の中で五感《ごかん》をとぎすます。そして心に映《うつ》ってくるものや体で感じたものをスケッチする。すると詩ができる。これは霧《きり》が露《つゆ》になって降《ふ》ってくる様子《ようす》なんです。くわしくは次のページに……。

26ページから29ページの擬声語《ぎせいご》のイメージ全体《ぜんたい》をつかむために、『十力《じゅうりき》の金剛石《こんごうせき》』から一節《いっせつ》を引用《いんよう》しよう。「ポッシャリ、ポッシャリ、ツイツイツイ。はやしのなかにふるきりの、つぶはだんだん大きくなり、いまはしづ《ず》くがポタリ。」。賢治《けんじ》は、肌《はだ》が濡《ぬ》れるような濃《こ》い霧《きり》の感じ（ポッシャリ）、そして、それがまさに雨粒《あまつぶ》に変わろうとする瞬間《しゅんかん》の様子《ようす》（ツイ）、さらに雨となって地面《じめん》に落ちてはねるところ（トン）。この雨が降《ふ》り出そうとする一連《いちれん》の流れを、まるでアニメーションの世界のように、うまく言葉にしてしまった。すごい！

ツイツイトン

ツイツイ　トン

ツイツイ　**トン**

ツイツイ

ト

ン

ツイツイ

トン

ツイツイ

トン

「十力《じゅうりき》の金剛石《こんごうせき》」宮沢賢治《みやざわけんじ》

ザッザザ

ザザァザ

ザザアザ

ザザア

ザッザザ
ザザァザ
ザザァザ
ザザァ

「十力《じゅうりき》の金剛石《こんごうせき》」　宮沢賢治《みやざわけんじ》

明るい空の下、天気雨《てんきあめ》が、スコールのように一斉《いっせい》に激《はげ》しく降《ふ》ってくる様子《ようす》です。「ザッザザ、ザザァザ、ザザアザザザア、やまばやめやめ、ひでりあめ、そらは　みがいた　土耳古《トルコ》玉《だま》」。磨《みが》かれたトルコ石《いし》のような青い空から、ダイアモンド（のような雨）が降っている、と賢治《けんじ》は表現《ひょうげん》しています。このお話自体《じたい》は、ある王子様がお城をこっそり抜《ぬ》け出して大臣《だいじん》の子と「十力《じゅうりき》の金剛《こんごう》石《せき》」という伝説《でんせつ》の宝石《ほうせき》を探《さが》しに行く物語。森の奥で迷《まよ》ってしまった二人が雨に濡《ぬ》れます。やがて、蜂雀《はちすずめ》や野ばらが歌い始めて……。はたして二人は金剛石にたどり着けるのでしょうか!?

きいらり

きいらり

き

い

ら

り

ある蜘蛛《くも》がかげろうを食べ終わってゆったりしている時、どこからかこんな歌が聞こえてきた。「赤《あか》いてながのくぅも、天《てん》のちかくをはひ《い》まは《わ》り、スルスル光《ひかり》のいとをはき、きぃらりきぃらり巣《す》をかける」。声の主《ぬし》はきれいな女の蜘蛛で二匹《ひき》は夫婦《ふうふ》になる。続いてインチキなお経《きょう》を唱《とな》えるナメクジ、顔を洗《あら》ったことのない狸《たぬき》が登場《とうじょう》。実《じつ》は全員《ぜんいん》が「地獄《じごく》行きのマラソン競争《きょうそう》」をしていたという、ちょっとふしぎな毒《どく》のある内容《ないよう》。

きぃらり
きぃらり
巣《す》をかける

「蜘蛛《くも》となめくぢ《じ》と狸《たぬき》」宮沢賢治《みやざわけんじ》

柏《かしわ》の林でみょうちくりんな絵描《えか》きと出会った清作《せいさく》。絵描きと一緒《いっしょ》にいるうちに、柏の木が踊《おど》り出し、そのうち柏の木大王《だいおう》やふくろうの大将《たいしょう》まで登場する。柏の木大王は、「雨《あめ》はざあざあ　ざつざざざざざあ　風《かぜ》はどうどう　どつどどどどう　あられぱらぱらぱらつたたあ　雨はざあざあ　ざつざざざざざあ」と歌うのだ。最後《さいご》にはみんなで大ダンス大会になります。

あられ
ぱらぱら
ぱらぱらつたたあ

「かしはばやし《わ》の夜《よる》」宮沢賢治《みやざわけんじ》

「寿《じゅ》限《げ》無《む》」

「あらまあ、金《きん》ちゃん、
すまなかったねえ。
じゃあなにかい、
うちの寿限無《じゅげむ》寿限無《じゅげむ》、五劫《ごこう》のすりきれ、
海砂利《かいじゃり》水魚《すいぎょ》の水行末《すいぎょうまつ》、雲来末《うんらいまつ》、風来末《ふうらいまつ》、
食《く》う寝《ね》るところに住《す》むところ、
やぶらこうじのぶらこうじ、
パイポパイポ、
パイポのシューリンガン、
シューリンガンのグーリンダイ、
グーリンダイのポンポコピーの

ポンポコナの長久命《ちょうきゅうめい》の長助《ちょうすけ》が、
おまえのあたまにこぶを
こしらえたって、
まあ、とんでもない子《こ》じゃあないか。
ちょいと、おまえさん、聞《き》いたかい？
うちの寿限無寿限無《じゅげむじゅげむ》、五劫《ごこう》のすりきれ、
海砂利水魚《かいじゃりすいぎょ》の水行末《すいぎょうまつ》、雲来末《うんらいまつ》、風来末《ふうらいまつ》、
食《く》う寝《ね》るところに住《す》むところ、
やぶらこうじのぶらこうじ、
パイポパイポ、
パイポのシューリンガン、

シューリンガンのグーリンダイ、
グーリンダイのポンポコピーの
ポンポコナの長久命《ちょうきゅうめい》の長助《ちょうすけ》が、
金《きん》ちゃんのあたまへこぶを
こしらえたんだとさ」
「じゃあなにか、
うちの寿限無《じゅげむ》寿限無《じゅげむ》、五劫《ごこう》のすりきれ、
海砂利《かいじゃり》水魚《すいぎょ》の水行末《すいぎょうまつ》、雲来末《うんらいまつ》、風来末《ふうらいまつ》、
食《く》う寝《ね》るところに住《す》むところ、
やぶらこうじのぶらこうじ、
パイポパイポ、

パイポのシューリンガン、
シューリンガンのグーリンダイ、
グーリンダイのポンポコピーの
ポンポコナの長久命《ちょうきゅうめい》の長助《ちょうすけ》が、
金坊《きんぼう》のあたまへこぶをこしらえたって
いうのか。
金坊《きんぼう》、どれ、みせてみな、
あたまを……なーんだ、
こぶなんざあねえじゃあねえか」
「あんまり名前《なまえ》が長《なが》いから、
こぶがひっこんじゃった」

寿限無《じゅげむ》

やりました！ ついに『寿限無《じゅげむ》』が全国《ぜんこく》を制覇《せいは》しました！ もうどこの学校の子どもたちもこれを言えるようになった。流行《はや》らせるのが僕の夢だった。うれしい。3歳児《さいじ》でも暗誦《あんしょう》してるもんね。すごいね。『寿限無』は落語《らくご》の演目《えんもく》です。「長い名前をつけたから、呼ぶのに苦労《くろう》するよ！」って単純《たんじゅん》なお話。

落語というのは日本人の情緒《じょうちょ》なんです。情緒というのは、心。あったかい心。特《とく》に長屋話《ながやばなし》がいいね。昔《むかし》の長屋住《ず》まいでは、しょうゆや味噌《みそ》や米《こめ》を貸《か》し借《か》りしていたんだよ。なにか困《こま》ったことがあったら相談《そうだん》しに行く。ご近所《きんじょ》さんの距離《きょり》がすごく近かった時代だね。落語を聞きに行くと、「あぁ日本人ってこういうあったかい心で他人《たにん》と接《せっ》していたんだな」というのがわかるから、ぜひ寄席《よせ》やホールに落語の実演《じつえん》を聞きに行ってほしいね。

暗誦の方法は、まず寿限無の名前を覚《おぼ》えて、それが言えるようになったら、落語『寿限無』をぜんぶ覚えて、落語家になった気分で友だちに披露《ひろう》してみよう。その時、首を左右《さゆう》に動かして母さん父さんの役を、演《えん》じ分《わ》けながらやるんだよ。そうすると落語っぽく見えてかっこうがいい。

注《ちゅう》

1．寿限無＝寿(年齢《ねんれい》)に限りが無いほどめでたいという意味。2．五劫《ごこう》のすりきれ＝一劫《いちごう》というのは時間の単位《たんい》。天人《てんにん》の衣《ころも》が百年に一度、フッと岩をなでる。なでつくして岩がすりきれて1個なくなってしまうのが一劫。五劫はそれの5倍《ばい》の時間！3．海砂利水魚《かいじゃりすいぎょ》＝海岸の砂《すな》や海の魚はとりつくせない。つまり、たくさん。4．水行末《すいぎょうまつ》、雲来末《うんらいまつ》、風来《ふうらい》末《まつ》＝水も雲も風もどこまで行くか果《は》てがない。5．やぶらこうじのぶらこうじ＝やぶらこうじとは木の名前。生命力《せいめいりょく》が強靭《きょうじん》な木。6．パイポのシューリンガン＝パイポという国の王様の名前。7．グーリンダイ＝シューリンガンの奥様《おくさま》。女王。8．ポンポコピー＝シューリンガンとグーリンダイ夫婦に生まれたお姫様《ひめさま》。たいへんな長生きだった。9．ポンポコナ＝ポンポコピーの妹。これも長生きだった。10．長久命《ちょうきゅうめい》＝すごい長生き。11．長助《ちょうすけ》＝親を助ける。

落語《らくご》

寄席演芸《えんげい》の一つ。こっけいな笑い話や人情話《にんじょうばなし》、怪談《かいだん》などがある。人の心の動きを描《えが》く話芸《わげい》で、一人何役《なんやく》もやりながら、演じつつ話す落《お》とし話《ばなし》。江戸《えど》時代の僧《そう》、安《あん》楽庵策伝《らくあんさくでん》が、仏《ほとけ》の話をわかりやすく伝えるためオチをつけた説《せっ》法集《ぽうしゅう》『醒睡笑《せいすいしょう》』が落語の原点《げんてん》となる。烏亭焉馬《うていえんば》によって盛《さか》んになり、明治《めいじ》初期に三遊亭円朝《さんゆうていえんちょう》が出て、日本の伝統芸能《でんとうげいのう》として定《てい》着《ちゃく》していった。夏目漱石《なつめそうせき》、正岡《まさおか》子規《しき》、宮沢賢治《みやざわけんじ》、芥川龍之介《あくたがわりゅうのすけ》、手《て》塚治虫《づかおさむ》など、作家、漫画家に落語ファンが多い。落語は芸術《げいじゅつ》を生み出してきた。

「汚《よご》れつちまつた
悲《かな》しみに……」

汚《よご》れつちまつた悲《かな》しみに
今日《きょう》も小雪《こゆき》の降《ふ》りかかる
汚《よご》れつちまつた悲《かな》しみに
今日《きょう》も風《かぜ》さへ《え》吹《ふ》きすぎる

汚《よご》れつちまつた悲《かな》しみは
たとへ《え》ば狐《きつね》の革裘《かわごろも》
汚《よご》れつちまつた悲《かな》しみは
小雪《こゆき》のかかつてちぢこまる

汚《よご》れつちまつた悲《かな》しみは
なにのぞむなくねがふ《う》なく
汚《よご》れつちまつた悲《かな》しみは
倦怠《けだい》のうちに死《し》を夢《ゆめ》む

汚《よご》れつちまつた悲《かな》しみに
いたいたしくも怖《おじ》気《け》づき
汚《よご》れつちまつた悲《かな》しみに
なすところもなく日《ひ》は暮《く》れる……

中原中也
なかはらちゅうや

「サーカス」

幾時代《いくじだい》かがありまして
茶色《ちゃいろ》い戦争《せんそう》ありました

幾時代《いくじだい》かがありまして
冬《ふゆ》は疾風《しっぷう》吹《ふ》きました

幾時代《いくじだい》かがありまして
今夜《こんや》此処《ここ》での一《ひ》と殷盛《さか》り
今夜《こんや》此処《ここ》での一《ひ》と殷盛《さか》り

サーカス小屋《ごや》は高《たか》い梁《はり》
そこに一《ひと》つのブランコだ
見《み》えるともないブランコだ

頭倒《あたまさか》さに手《て》を垂《た》れて
汚《よご》れ木綿《もめん》の屋蓋《やね》のもと
ゆあーん　ゆよーん　ゆやゆよん

それの近《ちか》くの白《しろ》い灯《ひ》が
安値《やす》いリボンと息《いき》を吐《は》き

観《かん》客《きゃく》様《さま》はみな鰯《いわし》
咽喉《のんど》が鳴《な》ります牡蠣《か》殻《き》と
ゆあーん　ゆよーん　ゆやゆよん

屋外《やがい》は真《ま》ッ闇《くら》　闇《くら》の闇《くら》
夜《よ》は劫《こう》々《こう》と更《ふ》けまする
落《らっ》下《か》傘《がさ》奴《め》のノスタルヂ《ジ》アと
ゆあーん　ゆよーん　ゆやゆよん

中原中也
なかはらちゅうや

汚《よご》れつちまつた悲《かな》しみに……／サーカス

悲しみとは汚《よご》れてしまうものだったのか!?　これは惹《ひ》きつけられます。ふつう、悲しみといえば、心の中に起《お》こることだと思うけれど、まるで目に見えるように、手に取るように悲しみがあるというふうに中《なか》原中也《はらちゅうや》はいう。実は、悲しむこと自体《じたい》は人間にとってつらいことだが、見方《みかた》を変えると、悲しみとは、心の中のある部分が結晶《けっしょう》になったような美しさなのだ。それが「汚れつちまつた」から、中也は切《せつ》なすぎるのだ。中也の友人の小林秀雄《こばやしひでお》は「中也は、彼自身《じしん》の手にも余《あま》る悲しみがあった」といっている。中也は悲しみを分《わ》かちあってほしくてこの詩を書いた。人の悲しみがわかるのはとっても大事なことですね。

『サーカス』は、童謡《どうよう》をたくさん書いた北原白秋《きたはらはくしゅう》の影響《えいきょう》がある。サーカスの持つ古ぼけた感じや、不思議《ふしぎ》さ、懐《なつ》かしさを文字に溶《と》け込《こ》ませて、「ゆあーん　ゆよーん　ゆやゆよん」という名フレーズを生み出しました。これは現実《げんじつ》を超《こ》えた世界。現実世界にフッと瞬間的《しゅんかんてき》に現《あらわ》れたふしぎな風景《ふうけい》。なにしろ見てるお客《きゃく》がイワシなんだから。テントに守《まも》られた中で、なにか寂《さび》しいお祭《まつ》りが行《おこな》われているんだなと感じます。

中原中也《なかはらちゅうや》

1907(明治40)年4月29日、山口県《やまぐちけん》生まれ。おうし座。詩人《しじん》。小学生時代は神童《しんどう》と呼ばれた。8歳の時に弟を病気で亡《な》くし、悲しみの中で初めての詩を書く。大人になってからはフランス語を勉強し、ランボオの詩集《ししゅう》などを翻訳《ほんやく》する。30歳《さい》の時、結核性脳膜《けっかくせいのうまく》炎《えん》で死去《しきょ》。最期《さいご》の言葉は「僕は本当は孝行息子《こうこうむすこ》だったんですよ。今にわかる時が来ますよ」だった。詩集は『山羊《やぎ》の歌《うた》』と没後《ぼつご》に出版《しゅっぱん》された『在《あ》りし日《ひ》の歌《うた》』。1937年没《ぼつ》。

人はよく勝ったとか負けたとか、僕の方が強いとか、優位《ゆうい》に立つことを望《のぞ》むけれど、負けた人のこと、弱い立場《たちば》の人のこと考えたことあるかな。いつも弱いもの、小さなものにすぅーっと心がいってしまうのが金子《かねこ》みすゞ《ず》の個性《こせい》なんだ。みすゞ《ず》は、あらゆるものに生命《せいめい》を認《みと》めるアニミズムの人だ。地球上《ちきゅうじょう》の、宇宙《うちゅう》の、すべてのものに祈《いの》りをささげている。

「大漁《たいりょう》」

朝焼《あさやけ》小焼《こやけ》だ
大漁《たいりょう》だ。
大羽鰮《おおばいわし》の
大漁《たいりょう》だ。

金子《かねこ》みすゞ《ず》

1903（明治36）年4月11日、山口県《やまぐちけん》生まれ。おひつじ座。詩人《しじん》。漁師《りょうし》町で育ち、3歳《さい》で父が亡《な》くなった後、母が大きな本屋さんと再婚《さいこん》。母には「ひとつのこと

浜《はま》はまつりの
ようだけど
海《うみ》のなかでは
何万《なんまん》の
鰮《いわし》のとむらい
するだろう。

を見たら多くのことを考えなさい」と教えられた。みすゞは本屋の店番《みせばん》をしながら、童謡雑誌《どうようざっし》に投稿《とうこう》を始めると、次々と採用《さいよう》され、西条八十《さいじょうやそ》に「若《わか》い童《どう》謡詩人中《ようしじんちゅう》の巨星《きょせい》」と賞賛《しょうさん》された。小さな命を歌った詩が多く、「日本は世界のなかに、／世界は神さまのなかに。／／そうして、そうして、神様は、／小ちゃな蜂《はち》のなかに。」という『蜂《はち》と神《かみ》さま』や「見えぬけれどもあるんだよ、／見えぬものでもあるんだよ。」という『星《ほし》とたんぽぽ』はみすゞの世界観《せかいかん》を表《あらわ》している。みすゞの詩は四《し》散《さん》し、長く幻《まぼろし》の童謡詩人とされていたが、文学者《ぶんがくしゃ》・矢崎節夫《やざきせつお》さんの尽力《じんりょく》で1984年に全集が編纂《へんさん》され、今、みすゞ再評価《さいひょうか》が起《お》こっている。26歳《さい》で自《みずか》ら死を選《えら》ぶ。1930年没《ぼつ》。

太宰治《だざいおさむ》という人はものすごく文章がうまいです。日本語の天才。口からほとばしる言葉がそのまま文章になっていくんだ。そう、魂《たましい》が体の内側《うちがわ》から飛び出してきちゃいそうな感じだ。正義《せいぎ》のため、友人のために走る話の『走《はし》れメロス』。みんなは走るとハアハア息が切れるよね。息が体の奥《おく》からドンドン出てくる。あんな感じで次々とテンポのいい名文が飛び出してくるんだよ。だから、ハアハアしながら『走れメロス』を読むと、すごく感じがつかめると思います。

「走《はし》れメロス」

メロスは激怒《げきど》した。
必《かなら》ず、かの邪智暴虐《じゃちぼうぎゃく》の王《おう》を
除《のぞ》かなければならぬと決意《けつい》した。

メロスには政治《せいじ》がわからぬ。
メロスは、村《むら》の牧人《ぼくじん》である。
笛《ふえ》を吹《ふ》き、
羊《ひつじ》と遊《あそ》んで暮《くら》して来《き》た。
けれども邪悪《じゃあく》に対《たい》しては、
人一倍《ひといちばい》に敏感《びんかん》であった。

太宰治《だざいおさむ》

1909(明治42)年6月19日、青森県北津軽郡《あおもりけんきたつがるぐん》生まれ。ふたご座。小説家。人間の弱さを知り、身《み》を投げ出すような命がけの問《と》いかけで人気を博《はく》した。『走れメロス』だけを見ると、健康健全《けんこうけんぜん》の代《だい》表選手《ひょうせんしゅ》みたいだが、むしろ、読者を虜《とりこ》にするような毒《どく》と深《ふか》みが真骨頂《しんこっちょう》。「死《し》のうと思っていた。」で始まる第一作《だいいちさく》品集《ひんしゅう》『晩年《ばんねん》』。「生《うま》れて、すみません。」は『二十世紀旗手《にじっせいききしゅ》』の冒頭《ぼうとう》。『人間失格《にんげんしっかく》』という名タイトルの小説には「恥《はじ》の多《おお》い生涯《しょうがい》を送って来ました。」との一文《いちぶん》もある。はては遺《い》作《さく》の題名《だいめい》が『グッド・バイ』。他の作品に『斜陽《しゃよう》』『富嶽百《ふがくひゃっ》景《けい》』など。太宰治、夏目漱石《なつめそうせき》、宮沢賢治《みやざわけんじ》は永遠《えいえん》のベストセラー御三家《ごさんけ》。1948年没《ぼっ》。享年《きょうねん》38。

知《し》らざあ言《い》って

聞《き》かせやしょう。

「弁天娘女男白浪《べんてんむすめめおのしらなみ》（白浪五人男《しらなみごにんおとこ》）」

知《し》らざあ言《い》って聞《き》かせやしょう。
浜《はま》の真砂《まさご》と五右衛門《ごえもん》が、
歌《うた》に残《のこ》せし盗人《ぬすっと》の、
種《たね》は尽《つ》きねえ七里《しちり》ケ浜《がはま》、
その白浪《しらなみ》の夜働《よばたら》き、
以前《いぜん》をいやあ江《え》の島《しま》で、
年季勤《ねんきづと》めの児ケ淵《ちごがふち》。
百味講《ひゃくみ》でちらす蒔銭《まきせん》を、
当《あて》に小皿《こざら》の一文子《いちもんこ》、
百《ひゃく》が二百《にひゃく》と賽銭《さいせん》の、

くすね銭《ぜに》せえだんだんに、
悪事《あくじ》はのぼる上《かみ》の宮《みや》、
岩本院《いわもといん》で講中《こうじゅう》の、
枕探《まくらさが》しも度重《たびかさな》り、
お手長講《てながこう》の札付《ふだつ》きに、
とうとう島《しま》を追《お》いだされ、
それから若衆《わかしゅ》の美人局《つつもたせ》、
ここや彼処《かしこ》の寺島《てらじま》で、
小耳《こみみ》に聞《き》いた音羽屋《おとわや》の、
似《に》ぬ声色《こわいろ》で小《こ》ゆすりかたり、
名《な》さえ由縁《ゆかり》の弁天小僧菊之助《べんてんこぞうきくのすけ》たァ、
おれがことだ。

河竹黙阿弥《かわたけもくあみ》

偶然《ぐうぜん》、お金を拾《ひろ》っちゃった時のセリフ。それも100両《りょう》って超大金《ちょうたいきん》ですから！ 昔《むかし》はお正月に何かあるたんびに、みんなこれを言っていたね。福《ふく》を呼び込《こ》もうとする呪文《じゅもん》だ。「こ～いつァ～～は～る～か～ら～」みたいに、ちょっとオーバーめに、やたらのばしながら読むと歌舞伎《かぶき》はかっこがつく。

「三人吉三廓初買《さんにんきちさくるわのはつがい》」（三人吉三《さんにんきちさ》）

こいつァ春《はる》から縁起《えんぎ》がいいわえ。

河竹黙阿弥《かわたけもくあみ》

ややこしや

「ややこしや」

ややこしや、ややこしや。
ややこしや、ややこしや。
ややこしや、ややこしや。

わたしがそなたで、そなたがわたし。
そも、わたしとは、なんぢ《じ》ゃいな。
ややこしや、ややこしや。
ややこしや、ややこしや。

おもてがござれば、うらがござる。
かげがござれば、ひかりがござる。
　ややこしや、ややこしや。
　ややこしや、ややこしや。

ひとりでふたり、ふたりでひとり。
うそがまことで、まことがうそか。
　ややこしや、ややこしや。
　ややこしや、ややこしや。

　ややこしや、ややこしや。（くりかえす）

野村萬斎《のむらまんさい》（「まちがいの狂言《きょうげん》」作／高橋康也《たかはしやすなり》より）

ややこしや

『にほんごであそぼ』の番組で一番人気だったのが、これです。もう「ややこしやブーム」といってもいいくらい。ブーム炸裂《さくれつ》！　日本の子どもで知らない子はいない。

「ややこしや」は、イギリスの劇作家《げきさっか》シェイクスピアが書いた『間違《まちが》いの喜劇《きげき》』を、高橋康也《たかはしやすなり》先生が野村萬斎《のむらまんさい》さんと十分《じゅうぶん》に話し合って翻案《ほんあん》した『まちがいの狂言《きょうげん》』に出てきます。萬斎さんが『まちがいの狂言』に、ぜひ囃子言葉《はやしことば》をつけてほしいといってできたのが「ややこしや」なんです。西洋《せいよう》の古典《こてん》であるシェイクスピアと日本の古典である狂言が出会うダイナミズム。西洋の古い話が長い時と海を越《こ》え、日本の子どもに伝わるという、この文化のうねりがすごい。関西《かんさい》の子どもが野村萬斎さんが演《えん》じるのを見て、「おまえがややこしいんや〜!!」とテレビの前でツッコミを入れました。

この文はズバリ哲学《てつがく》だね。哲学というのは、私とはなんぞや、世界とはなんぞや、あなたと他人《たにん》とはなんぞや、と考え続けちゃう学問《がくもん》なんです。世の中はこんがらがった方がおもしろい。もう、わかんないのも楽しみの一つ。そんな時には踊《おど》るのが、いちばん。そういうことを知りましたね。わかんなくなったら、『ややこしや』をみんなで踊ろう！

野村萬斎《のむらまんさい》

1966（昭和41）年4月5日、東京生まれ。おひつじ座。狂言師《きょうげんし》。父は野村万作《のむらまんさく》。東京芸術大学卒《とうきょうげいじゅつだいがくそつ》業《ぎょう》。70年『靫猿《うつぼざる》』で初舞台《はつぶたい》。94年萬斎《まんさい》を襲名《しゅうめい》。テレビドラマや映画、他の演劇《えんげき》のジャンルでも活躍《かつやく》する一方、海外公演《かいがいこうえん》も積極的《せっきょくてき》にこなしている。2002年、世田《せた》谷《がや》パブリックシアターの芸術監《かん》督《とく》に就任《しゅうにん》。著書《ちょしょ》に『萬斎《まんさい》でござる』『狂言サイボーグ』『狂言三人三《きょうげんさんにんさん》様《よう》 野村萬斎《のむらまんさい》の巻《まき》』がある。

高橋康也《たかはしやすなり》

1932（昭和7）年2月9日生まれ。みずがめ座。英文学者《えいぶんがくしゃ》、演劇研究者《けんきゅうしゃ》、翻訳家《ほんやくか》。ルイス・キャロル、ベケット、シェイクスピアを中心《ちゅうしん》に、能《のう》、狂言にまで至《いた》る幅《はば》広《ひろ》い領域《りょういき》の研究《けんきゅう》で有名。滑稽《こっけい》やノンセンスを愛し、異質《いしつ》なものをつき合わせて、斬新《ざんしん》な視点《してん》を常《つね》に提供《ていきょう》した。著書《ちょしょ》に『ノンセンス大全《たいぜん》』など、訳書《やくしょ》に『不思議《ふしぎ》の国《くに》のアリス』など。2002年没《ぼつ》。

「論語《ろんご》」

吾《わ》れ
十有五《じゅうゆうご》にして学《がく》に志《こころ》ざす。
三十《さんじゅう》にして立《た》つ。
四十《しじゅう》にして惑《まど》わず。
五十《ごじゅう》にして天命《てんめい》を知《し》る。
六十《ろくじゅう》にして耳順《みみした》がう。

七十《しちじゅう》にして心《こころ》の欲《ほっ》する所《ところ》に従《したが》って、
矩《のり》を踰《こ》えず。

子貢《しこう》問《と》うて曰《い》わく、
一言《いちげん》にして以《も》って身《み》を終《おわ》るまで
之《こ》れを行《おこな》う可《べ》き者《もの》有《あ》り乎《や》。
子《し》曰《い》わく、其《そ》れ恕乎《じょか》。
己《おのれ》の欲《ほっ》せざる所《ところ》を、
人《ひと》に施《ほどこ》すこと勿《な》かれ。

孔子《こうし》

論語《ろんご》

孔子《こうし》はコメント名人《めいじん》。ビシッ、ビシッと「これはこう！」と短い解説《かいせつ》をぶつけていく。それがまるで、人生の指圧《しあつ》のように効《き》くんです。「そこ、ドまんなか直球《ちょっきゅう》！」みたく。孔子は弟子《でし》を引き連れて旅をしていた。そして、ことあるごとに弟子からの質問に答えていくんだけど、その答えが切《き》れ味《あじ》バツグンなんだな。すごい具体的《ぐたいてき》。だって「人生でいちばん大事《だいじ》なことはなんですか？」と聞かれた答えが「恕《じょ》」だよ。「恕《じょ》」の一言《ひとこと》。思いやりという意味なんだけど、もう迷《まよ》いがないんだよね。

『論語《ろんご》』は、弟子が編集《へんしゅう》した孔子の名コメント集。

前ページの言葉を暗誦《あんしょう》できる人は40歳《さい》になっても「迷っちゃいかん、心を強く持って行こう！」という気分になる。小さい頃に覚《おぼ》えた言葉は忘れないから、小学生のうちから、『論語』を音読《おんどく》して、この切れ味を体の中に入れてしまおう。そうすれば、他人《たにん》の言葉なのにまるで自分の言葉のように思えてくる。

口語訳《こうごやく》

私(孔子)は、
15歳で、勉強を徹底的《てっていてき》にやろうと思った。
30歳で、一人立ちした。
40歳で、なにも迷うことがなくなって、
50歳で、「自分がやるべきことはこれなんだ」とわかった。
60歳で、人の話を聞いて素直に従《したが》うことができるようになり、
70歳で、ルールを守りながら自分の好きに生きるやり方がわかった。

子貢《しこう》という名の弟子がこう質問してきた。

「一生涯《いっしょうがい》、これをやり続けろ！ というべきいちばん価値《かち》ある大事なことはなんですか？」

孔子先生は、こう答《こた》えた。

「恕《じょ》(＝思いやり)。自分がされてイヤなことは、相《あい》手《て》にしないことだ」

孔子《こうし》

紀元前《きげんぜん》５５１年頃、魯《ろ》の国(現在の中国山東省《さんとうしょう》)に生まれる。思想《しそう》家《か》。幼《おさな》い時に父を亡《な》くし、苦学《くがく》の末《すえ》に学問《がくもん》を修《おさ》める。飛び抜《ぬ》けて背が高く「長人《ちょうじん》」と呼ばれた。魯の国の年代記《ねんだいき》『春秋《しゅんじゅう》』を編集したといわれる。50代で魯の大臣《だいじん》となって政治改革《せいじかいかく》に挑戦《ちょうせん》するが失脚《しっきゃく》。失意《しつい》のうちに14年に渡《わた》るさすらいの旅に出る。仁《じん》(人を愛すること)、恕《じょ》(思いやり)、忠《ちゅう》(まごころ)により人間の根本精神《こんぽんせいしん》を向上《こうじょう》させることで国を治《おさ》める方法《ほうほう》(徳治主義《とくちしゅぎ》)を説《と》くが、どの国にも採用《さいよう》されなかった。帰国《きこく》後《ご》は弟子の育成《いくせい》や古典《こてん》の整理《せいり》に専念《せんねん》。彼の死後《しご》、弟子たちが孔子の言動《げんどう》や問答《もんどう》をまとめた『論語』を作った。紀元前４７９年没《ぼつ》。享《きょう》年《ねん》73？。

「平家物語《へいけものがたり》」

祇園精舎《ぎおんしょうじゃ》の鐘《かね》の声《こえ》、
諸行無常《しょぎょうむじょう》の響《ひびき》あり。
娑羅双樹《しゃらそうじゅ》の花《はな》の色《いろ》、
盛者必衰《じょうしゃひっすい》の理《ことわり》をあらはす《わ》。
おごれる人《ひと》も久《ひさ》しからず、
唯春《ただはる》の夜《よ》の夢《ゆめ》のごとし。
たけき者《もの》も遂《つい》にはほろびぬ、
偏《ひとえ》に風《かぜ》の前《まえ》の塵《ちり》に同《おな》じ。

遠《とお》く異朝《いちょう》をとぶらへ《え》ば、
秦《しん》の趙高《ちょうこう》、漢《かん》の王莽《おうもう》、梁《りょう》の周伊《しゅうい》、
唐《とう》の禄山《ろくさん》、
是等《これら》は皆旧主先皇《みなきゅうしゅせんこう》の政《まつりごと》にもしたがは《わ》ず、
楽《たの》しみをきは《わ》め、諫《いさめ》をも思《おも》ひ《い》いれず、
天下《てんか》の乱《みだ》れむ《ん》事《こと》をさとらずして、
民間《みんかん》の愁《うれ》ふ《う》る所《ところ》を知《し》らざッしかば、
久《ひさ》しからずして、
亡《ぼう》じにし者《もの》どもなり。

近《ちか》く本朝《ほんちょう》をうかがふ《う》に、
承平《しょうへい》の将門《まさかど》、天慶《てんぎょう》の純友《すみとも》、
康和《こうわ》の義親《ぎしん》、平治《へいじ》の信頼《のぶより》、
此等《これら》はおごれる心《こころ》もたけき事《こと》も、
皆《みな》とりどりにこそありしかども、
まぢかくは六波羅《ろくはら》の入道前太政大臣《にゅうどうさきのだいじょうだいじん》
平朝臣清盛公《たいらのあっそんきよもりこう》と申《もう》しし人《ひと》の有様《ありさま》、
伝《つた》へ《え》承《うけたまわ》るこそ、心《こころ》も詞《ことば》も及《およ》ばれね。

「平《へい》家《け》物《もの》語《がたり》」

与《よ》一《いち》鏑《かぶら》をとッてつがひ《い》、よッぴいてひや《よ》うどはなつ。

平家物語《へいけものがたり》

京都《きょうと》から追い出されて逃《に》げていく一族《いちぞく》が最後《さいご》は滅《ほろ》ぼされてしまう。時は平安末期《へいあんまっき》。逃げるのは貴族《きぞく》を目指《めざ》した軍団《ぐんだん》・平家《へいけ》。追うのは武士《ぶし》軍団・源氏《げんじ》。全体《ぜんたい》のテーマは「栄《さか》えた者《もの》もすべて滅びていく」というもの。ところが物語のムードはまったく違《ちが》う。テーマは「はかなさ」なのに、ムードは「元気いっぱい」。

躍動《やくどう》する冒険格闘《ぼうけんかくとう》アクション！ 始まり方は「祇園精舎《ぎおんしょうじゃ》」「娑羅双樹《しゃらそうじゅ》」などの釈迦用語《しゃかようご》（仏教用語《ぶっきょうようご》）を使ってシブい感じなのに、だんだんと時代劇《じだいげき》や西部《せいぶ》劇のような華々《はなばな》しさに変わっていきます。ドンパチ激《はげ》しいったらありゃしない！ 登場人物《とうじょうじんぶつ》たちが動き回り、よく笑い、よく泣き、声も大きい。川向《かわむ》こうまで響《ひび》き渡《わた》る『平家物語《へいけものがたり》』。

たとえば、「よッぴいてひやうどはなつ」の名場面《めいばめん》。これは那須与一《なすのよいち》という源氏軍きっての弓《ゆみ》の名人《めいじん》の見《み》せ場《ば》。海にゆらゆらと浮《う》かんだ小舟《こぶね》に乗って逃げる途中《とちゅう》の平家軍の女性が、竿《さお》の先に金色《こんじき》の日輪《にちりん》を描《えが》いた紅地《くれないじ》の扇《おうぎ》をつけて、「そんなに腕《うで》が達者《たっしゃ》なら、そこ（陸地《りくち》）からこの扇のまんなかを射《い》落《お》としてみせてよ！」と挑発《ちょうはつ》する。いったんはプレッシヤーにびびる与一《よいち》だけど、「南無八幡大菩薩《なむはちまんだいぼさつ》、我国《わがくに》の神明《しんめい》、日光権現《にっこうのごんげん》、宇都宮《うつのみや》、那須《なす》のゆぜん大明神《だいみょうじん》……」などさまざまな神様《かみさま》にお祈《いの》りして、風向《かざむ》きを読んでから、鏑矢《かぶらや》を放《はな》つ！　みごと、扇に当たるんです、これが。そうしたら敵味方《てきみかた》入り交《ま》じってやんややんやの喝采《かっさい》。「すごいぜ与一!!」「おまえ、最高《さいこう》!!」みたいな調子《ちょうし》。おもしろいでしょう？

　この物語、琵琶法師《びわほうし》という弾《ひ》き語《がた》りのミュージシャンが、ベンベンベンと琵琶という名のギターを弾きながら、あっちこっちでゆったりと歌い語って全国に広めていった。つまりもともとが書かれた言葉ではなく、語っているうちにできた名調子なのだ。まさに声に出して読みたい日本語！

口語訳《こうごやく》

祇園精舎《ぎおんしょうじゃ》（インドにあった僧院《そういん》）の鐘《かね》の音《ね》は「この世はなにもかもが変わっていくもの」と鳴っているようだ。釈迦《しゃか》が亡《な》くなった時、白く枯《か》れたといわれる娑羅双樹《しゃらそうじゅ》の花の色が変わるのを見ると「今は栄《さか》えているものも必《かなら》ずいつか滅《ほろ》びてしまう」と告《つ》げているようだ。偉《えら》そうにしている人も、その地位《ちい》は長くはないはず。それは春の一夜《いちや》の夢《ゆめ》のようなものです。強そうなものが滅びるのも、ゴミが風で飛ぶのと同じ。外国だってそうだ。秦《しん》の趙高《ちょうこう》、漢《かん》の王莽《おうもう》、梁《りょう》の周伊《しゅうい》、唐《とう》の禄山《ろくさん》……、ちゃんと政治《せいじ》をしないで遊びほうけていて、アドバイスも聞かなかったから、国がむちゃくちゃになっていくことに気づかず、国民《こくみん》が心配《しんぱい》していることも気づかずに滅びてしまった。これまでの日本だって、承平《しょうへい》の乱《らん》の平将門《たいらのまさかど》、天慶《てんぎょう》の乱の藤原純友《ふじわらのすみとも》、康和《こうわ》の乱の源《みなもとの》義親《よしちか》、平治《へいじ》の乱の藤原信頼《ふじわらののぶより》、彼らはそれぞれ、おごった心も乱暴《らんぼう》なことも、はなはだしかったが、ごく最近《さいきん》は平清盛《たいらのきよもり》という男。ひどい。筆舌《ひつぜつ》に尽《つ》くしがたいひどさだ。

与一は鏑矢（空中《くうちゅう》を飛ぶ時、大きな音のする矢）を取ってセットし、「ヒュー」と放った。

平家物語《へいけものがたり》

鎌倉《かまくら》前期に成立《せいりつ》したといわれる軍記《ぐんき》物語。平家《へいけ》の栄華《えいが》〜源氏《げんじ》の反乱《はんらん》〜源平《げんぺい》の戦《たたか》い〜壇《だん》の浦《うら》での平家の滅亡《めつぼう》を描《えが》いている。琵琶法師の口伝《くでん》によって全国に広められた。琵琶法師というのは琵琶を弾きながらさまざまな物語を歌い語った盲目《もうもく》の放浪芸人《ほうろうげいにん》。最盛期《さいせいき》には京都《きょうと》の町だけで五、六百人の琵琶法師がいたそうだ。この物語の中で、散《ち》り際《ぎわ》の美しさを描いた「敦盛《あつもり》の最期《さいご》」のくだりは特に有名で、後に謡曲《ようきょく》（能《のう》の脚本《きゃくほん》）、文楽《ぶんらく》、歌舞伎《かぶき》へと展開《てんかい》して日本人に愛され続けている。

「枕草子《まくらのそうし》」

春《はる》

春《はる》はあけぼの。
や《よ》うや《よ》うしろくなり行《ゆ》く、
山《やま》ぎは《わ》すこしあかりて、
むらさきだちたる雲《くも》のほそく
たなびきたる。

夏《なつ》

夏《なつ》はよる。
月《つき》の頃《ころ》はさらなり、やみもなほ《お》、
ほたるの多《おお》く飛《と》びちがひ《い》たる。
また、ただひとつふたつなど、
ほのかにうちひかりて行《ゆ》くもを《お》かし。
雨《あめ》など降《ふ》るもを《お》かし。

秋《あき》

秋《あき》は夕暮《ゆうぐれ》。
夕日《ゆうひ》のさして山《やま》のはいとちかう《こ》なりたるに、
からすのねどころへ行《ゆ》くとて、
みつよつ、ふたつみつなど
とびいそぐさへ《え》あはれ《わ》なり。
まいて雁《かり》などのつらねたるが、
いとちひ《い》さくみゆるはいとを《お》かし。
日入《ひい》りはてて、風《かぜ》の音《おと》むしのねなど、
はたいふ《う》べきにあらず。

冬《ふゆ》

冬《ふゆ》はつとめて。
雪《ゆき》の降《ふ》りたるはいふ《う》べきにもあらず、
霜《しも》のいとしろきも、
またさらでもいと寒《さむ》きに、
火《ひ》などいそぎおこして、
炭《すみ》もてわたるもいとつきづきし。
昼《ひる》になりて、ぬるくゆるびもていけば、
火《ひ》桶《おけ》の火《ひ》もしろき灰《はい》がちになりて
わろし。

清少納言《せいしょうなごん》

枕草子《まくらのそうし》

清少納言《せいしょうなごん》は大人気女流《じょりゅう》エッセイスト。今生きていても必《かなら》ずトップを張《は》れるぐらい、ものの見方《みかた》がおもしろい。

まず、「春《はる》はあけぼの」って決めつけちゃう感じがたまらない。これは、先にポンと答えを言っちゃって「おっ」と思わせ、後《あと》から説明《せつめい》するという、物書《ものか》きとしての優秀《ゆうしゅう》なテクニックなのだ。

そして、彼女は「ものづくし」というテーマトークがうまかった。

これは、「うつくしきもの（かわいらしいもの）」「うれしきもの（うれしいもの）」「すさまじきもの（興《きょう》ざめなもの）」「ありがたきもの（珍《めずら》しいもの）」などをテーマに、具体的《ぐたいてき》な例《れい》を挙《あ》げていく。たとえば「にくきもの（にくたらしいもの）」を紹介《しょうかい》しよう。

急《いそ》いでいる時に長《なが》っ尻《ちり》の客《きゃく》。墨《すみ》をする時、硯《すずり》に髪《かみ》の毛が入ること。つまらない人が笑いながらよくしゃべる。昔《むかし》の女をほめる恋人。開けた戸《と》を閉《し》めない人。……おもしろいでしょ。細《こま》やかだけど、きつい観察《かんさつ》力《りょく》が優《すぐ》れている。特徴《とくちょう》を捉《とら》える天才だった。

ものごとをズバズバ言っていく度胸《どきょう》とセンスを味わってほしいね。

口語訳《こうごやく》

春は夜明《よあ》けの時間帯《たい》がいちばん気分いいよねぇ。ゆっくりゆっくりと朝の光が広がっていく、あの瞬間《しゅんかん》！山の稜線《りょうせん》が少し明るくなって、紫色《むらさきいろ》になった雲が細《ほそ》く流れていく情景《じょうけい》は最高《さいこう》。

夏といえば、夜でしょ。月夜はいい。でも闇夜《やみよ》もいいの。蛍《ほたる》がたくさん飛ぶのを見るのがステキだわ。でも、1匹、2匹がポーっとほのかに光っているのもいい。雨が降《ふ》るのもいい。

秋は夕暮《ゆうぐ》れ。夕日のオレンジ色が光っているから山の稜線がくっきりとすごく近くに見える。そこへ、カラスがねぐらへ帰ろうと、3、4羽、あるいは2、3羽、のかたまりになって飛び急ぐのを見ると、胸《むね》がキューンとなる。ましてや、雁《かり》の群《む》れがとっても小さく向こうのほうに見えるのは、めちゃ胸キュン。すっかり夕日が沈《しず》んで、風の音や、虫の音が聞こえてくるのもいい。

冬は、早朝ですよ。雪が降っている時はいうまでもなく、あたりが霜《しも》でとても白くなっている時もいいねぇ。そんで、もう寒くて寒くてしかたなくて、急いで火をおこして、暖房《だんぼう》を入れて、「もっと炭《すみ》がいるぞ」なんてやってるのが、もうたまんないよね。昼になったら、暖《あたた》かくなってしまって、火桶《ひおけ》の火も、もう白い灰《はい》になりかけてて、それはもうつまんない気分。

清少納言《せいしょうなごん》

平安《へいあん》中期の966年頃、学者《がくしゃ》・歌《か》人《じん》一家の清原家《きよはらけ》に生まれた。随《ずい》筆家《ひっか》。16歳の頃、橘則光《たちばなのりみつ》と結婚《けっこん》するが10年ほどで離婚《りこん》。一条天皇《いちじょうてんのう》の中宮定子《ちゅうぐうていし》への宮仕《みやづか》えを始《はじ》める。すると、もともと博学《はくがく》で好奇《こうき》心旺盛《しんおうせい》な彼女は、すぐさま宮廷《きゅうてい》の人気者になり、皇族《こうぞく》と恋を楽しんだり、充実《じゅうじつ》の日々を送る。この宮廷の日常《にちじょう》や噂話《うわさばなし》などをエッセイにしたのが『枕草子《まくらのそうし》』である。紫式部《むらさきしきぶ》は後宮《こうきゅう》で清少納言と会ってはいないが、『紫式部《むらさきしきぶ》日《にっ》記《き》』に「清少納言はなんでも知ったかぶりして、偉《えら》そう」「漢文の知《ち》識《しき》は未熟《みじゅく》」「つまらないことに感《かん》動《どう》しているうちに軽薄《けいはく》になった」と悪口を書いている。1025年頃没《ぼつ》。享年《きょうねん》60?。

「坊《ぼ》っちゃん」

親《おや》譲《ゆず》りの無《む》鉄《てっ》砲《ぽう》で
小《こ》供《ども》の時《とき》から損《そん》ばかりしている。
小《しょう》学《がっ》校《こう》に居《い》る時《じ》分《ぶん》
学《がっ》校《こう》の二《に》階《かい》から飛《と》び降《お》りて
一《いっ》週《しゅう》間《かん》程《ほど》腰《こし》を抜《ぬ》かした事《こと》がある。
なぜそんな無《む》闇《やみ》をしたと
聞《き》く人《ひと》があるかも知《し》れぬ。

別段《べつだん》深《ふか》い理由《りゆう》でもない。新築《しんちく》の二階《にかい》から首《くび》を出《だ》していたら、同級生《どうきゅうせい》の一人《ひとり》が冗談《じょうだん》に、いくら威張《いば》っても、そこから飛《と》び降《お》りる事《こと》は出来《でき》まい。弱虫《よわむし》やーい。と囃《はや》したからである。

夏目漱石《なつめそうせき》

「吾輩《わがはい》は猫《ねこ》である」

吾輩《わがはい》は猫《ねこ》である。
名前《なまえ》はまだ無《な》い。
どこで生《う》まれたか
頓《とん》と見当《けんとう》がつかぬ。

何《なん》でも薄暗《うすぐら》い
じめじめした所《ところ》で
ニャーニャー
泣《な》いていた事《こと》だけは
記憶《きおく》している。
吾輩《わがはい》はここで始《はじ》めて
人間《にんげん》というものを見《み》た。

夏目漱石《なつめそうせき》

「草枕《くさまくら》」

山路《やまみち》を登《のぼ》りながら、
こう考《かんが》えた。
智《ち》に働《はたら》けば角《かど》が立《た》つ。
情《じょう》に棹《さお》させば流《なが》される。
意《い》地《じ》を通《とお》せば窮《きゅう》屈《くつ》だ。
兎《と》角《かく》に人《ひと》の世《よ》は住《す》みにくい。

夏目《なつめ》漱石《そうせき》

坊《ぼ》っちゃん／吾輩《わがはい》は猫《ねこ》である／草枕《くさまくら》

僕ら日本人は夏目漱石《なつめそうせき》がいてラッキーだった。

漱石は僕らが使っている日本語のお父さん。明治《めいじ》時代に彼が書いたものをみんなが読むうちに、「あぁ、こんなふうに書こう」と現代の日本語ができたんだよ。感謝《かんしゃ》！　それまでの書《か》き言葉《ことば》は漢文調《かんぶんちょう》だった。

彼はたいへん教養《きょうよう》があった人で、明治維新《いしん》の後、どんどん西洋化《せいようか》していく日本の行《ゆ》く末《すえ》を常《つね》に心配《しんぱい》していました。それまでちょんまげに草履姿《ぞうりすがた》だった日本人が、急《きゅう》に靴《くつ》をはき始めて洋服《ようふく》に替《か》わりだした時代だ。漱石は考えすぎてロンドン留学中《りゅうがくちゅう》にノイローゼになってしまったぐらいだった。なにを考えすぎたかというと、それまで他《ほか》の人とつながることで生きていた日本人に、西洋風《ふう》な個人主義的《こじんしゅぎてき》な考え方はどうにも折《お》り合《あ》いがつかないことにいち早く気づいたからだ。その問題に漱石自身《じしん》がどうすべきか、時のエリートとして悩《なや》んだ。これ、現代の日本人も未《いま》だに解決《かいけつ》していない部分でしょう？　そして先見《せんけん》の明《めい》として小説に書き表《あらわ》していったからすごい。

漱石は書き出しがうまい。『坊《ぼ》っちゃん』は、せっかちで負《ま》けん気が強い江戸《えど》っ子気質《こかたぎ》が言葉の勢《いきお》いによく出ている。それと、生徒《せいと》がしゃべる「〇〇ぞなもし～」というのんびりした松山弁《まつやまべん》が対照的《たいしょうてき》で、うまく言葉のコントラストになっている。『草枕《くさまくら》』は漢詩《かんし》のかっこよさを生かしている。『吾輩《わがはい》は猫《ねこ》である』はいきなり猫ですから。天才! 漱石は頭がべらぼうに良いくせに、落語《らくご》好きでギャグ好きな男なんです。漱石と俳人《はいじん》の正岡子規《まさおかしき》は友だちで一緒《いっしょ》に寄席通《よせがよ》いをしていたほどのお笑い好き。それが文に現《あらわ》れちゃうんだな。「漱石」って「石《いし》で口《くち》をすすぐ」って意味なんだ。ペンネームからしておもしろい。音読《おんどく》すればするほど、そのおもしろさがわかる。「はなはだ」「すこぶる」「頓《とん》と」など、今はあまり使わなくなった言葉を読むのも楽しい。

夏目漱石《なつめそうせき》

1867年2月9日、現在の東京《とうきょう》生まれ。みずがめ座。日本を代表《だいひょう》する国民的作家《こくみんてきさっか》。東大卒業後《とうだいそつぎょうご》、愛媛県《えひめけん》松山の中学勤務《きんむ》となる(この体験《たいけん》をもとに『坊っちゃん』が書かれる)。その後、英文学者《えいぶんがくしゃ》としてイギリス留学するが、留学費不足《ひぶそく》と孤独感《こどくかん》から神経衰弱《しんけいすいじゃく》になった。雑誌《ざっし》『ホトトギス』に連載《れんさい》した『吾輩は猫である』(なんと37歳《さい》の小説デビュー)が評判《ひょうばん》となり、職業《しょくぎょう》小説家に専念《せんねん》。ユーモアから恋愛《れんあい》、人間の苦悩《くのう》まで、多《た》ジャンルの小説を創作《そうさく》し、当世《とうせい》売れっ子《こ》作家になる。しかし、元来《がんらい》神経が弱く胃《い》も悪く、『明暗《めいあん》』執筆中《しっぴつちゅう》の49歳、持病《じびょう》の胃潰瘍悪化《いかいようあっか》で急逝《きゅうせい》。漱石の脳《のう》は、今も東京大学でアルコール漬《づ》けされている。重さは1425g。1916年没《ぼっ》。

苦しい時につぶやくと元気が出る呪文《じゅもん》。「道無き道《みちなきみち》を行《ゆ》くぞ！」と強い気持ちが湧《わ》いてくる。自然や父が勇気をくれる。この詩を覚《おぼ》えているのといないのでは、君のこれからの人生が大きく違ってくるぞ。がんばりがきく人は、これをちゃんと覚えていてピンチの時に唱《とな》えます。

「道程《どうてい》」

僕《ぼく》の前《まえ》に道《みち》はない
僕《ぼく》の後《うし》ろに道《みち》は出来《でき》る
ああ、自然《しぜん》よ
父《ちち》よ
僕《ぼく》を一人立《ひとりだ》ちにさせた広大《こうだい》な父《ちち》よ
僕《ぼく》から目《め》を離《はな》さないで守《まも》る事《こと》をせよ
常《つね》に父《ちち》の気魄《きはく》を僕《ぼく》に充《み》たせよ
この遠《とお》い道程《どうてい》のため
この遠《とお》い道程《どうてい》のため

高村光太郎《たかむらこうたろう》

高村光太郎《たかむらこうたろう》は、智恵子《ちえこ》さんという女性に恋をして、生涯《しょうがい》かけて愛し抜《ぬ》いて、その思いを詩に書きつづった。『智恵子抄《ちえこしょう》』は日本で最も読まれ続けている愛の詩集《ししゅう》だ。光太郎は後年《こうねん》、この詩が生まれたエピソードを『智恵子の半生《はんせい》』という文章に次のように書いている。「（病弱《びょうじゃく》な智恵子は）田舎《いなか》の空気を吸っていなければ身体が保《も》たないのであった。～中略《ちゅうりゃく》～私自身は東京に生まれて東京に育っているため、彼女の痛切《つうせつ》な訴《うった》えを身《み》を以《もっ》て感ずることが出来《でき》ず、彼女もいつかは此《こ》の都会《とかい》の自然に馴染《なじ》む事だろうと思っていた」。どうですか、これ。僕は、光太郎が智恵子の切実《せつじつ》さを理解《りかい》できなかったことが悲しいし、智恵子の言葉があどけないってところが二重《にじゅう》に、悲しくて切《せつ》ないなぁと思います。

「あどけない話《はなし》」

智恵子《ちえこ》は東京《とうきょう》に空《そら》が無《な》いといふ《う》、
ほんとの空《そら》が見《み》たいといふ《う》。
私《わたし》は驚《おどろ》いて空《そら》を見《み》る。

桜若葉《さくらわかば》の間《あいだ》に在《あ》るのは、
切《き》つても切《き》れない
むかしなじみのきれいな空《そら》だ。
どんよりけむる地平《ちへい》のぼかしは
うすもも色《いろ》の朝《あさ》のしめりだ。
智恵子《ちえこ》は遠《とお》くを見《み》ながら言《い》ふ《う》。
阿多多羅山《あたたらやま》の山《やま》の上《うえ》に
毎日《まいにち》出《で》てゐ《い》る青《あお》い空《そら》が
智恵子《ちえこ》のほんとの空《そら》だといふ《う》。
あどけない空《そら》の話《はなし》である。

高村光太郎《たかむらこうたろう》

1883（明治16）年3月13日、東京下谷《とうきょうしたや》に生まれる。うお座。詩人、彫刻家《ちょうこくか》。父は彫刻家の高村光雲《たかむらこううん》。妻・智恵子を愛したが、彼女は心を病《や》み入院《にゅういん》する。光太郎が55歳の時に没《ぼつ》。智恵子への愛を詩29編《へん》、短《たん》歌《か》6首《しゅ》、散文《さんぶん》3編にまとめた『智恵子抄』を発表した。「智恵子の裸形《らぎょう》をこの世にのこして／わたくしはやがて天然《てんねん》の素中《そちゅう》に帰ら《ろ》う。」と歌って、光太郎は裸像《らぞう》彫刻の制作《せいさく》にとりかかる。智恵子のおもかげを宿《やど》した彫刻が、いまも青《あお》森県《もりけん》十和田湖畔《とわだこはん》にある。光太郎は生涯、智恵子を愛し続けた。1956年没《ぼっ》。

山の向こう側《がわ》に幸せがあるんだというイメージがグッと入ってくる。最初《さいしょ》の2行は特にロマンチックな雰囲気《ふんいき》でしょう。ドイツで書かれた詩なのに、日本人にも分かる柔《やわ》らかさが出ているところがいい。風土《ふうど》や言葉を違《ちが》えても、心は共有《きょうゆう》できるんだね。こういう詩を読むと仲間って感じがする。

「山《やま》のあなた」

山《やま》のあなたの空遠《そらとお》く
「幸《さいわい》」住《す》むと人《ひと》のいふ《う》。

噫《ああ》、われひとと尋《と》めゆきて、
涙《なみだ》さしぐみかへ《え》りきぬ。
山《やま》のあなたになほ《お》遠《とお》く
「幸《さいわい》」住《す》むと人《ひと》のいふ《う》。

カール・ブッセ

1872年11月12日生まれ。さそり座。現在のポーランドに生まれ、ベルリンで活躍《かつやく》したドイツの詩人。素直《すなお》な気持ちを言葉にした新《しん》ロマン派《は》の一人。日本では特に長く愛され続ける。1918年没《ぼっ》。

訳《やく》／上田敏《うえだびん》

1874（明治7）年10月30日、東京生まれ。さそり座。英文学者《えいぶんがくしゃ》、翻訳家《ほんやくか》。英《えい》仏独伊《ふつどくい》の外国語《がいこくご》を操《あやつ》る語《ご》学《がく》の天才。ヨーロッパの最先《さいせん》端《たん》のかっこいい詩をどんどん日本に紹介《しょうかい》した翻訳名人である。訳詩集《やくししゅう》『海潮音《かいちょうおん》』が有名。1916年没《ぼっ》。

「ヴィオロン」というのはバイオリンのことです。舞台《ぶたい》はフランス・パリの街《まち》。ある秋の日、その音《ね》がため息《いき》のように聞こえてくると、寂《さび》しくて心が震《ふる》えるという悲しい気分の詩です。フランスにはシャンソンという歌謡曲《かようきょく》があって、人生《じんせい》の味《あじ》わいがこめられて歌われています。そんなシャンソン世界の詩だね。舞《ま》い落ちる桜の花や、落葉《おちば》に人生のはかなさを見るのは、日本人だけだと思いがちだ。だけど、そんなことはない。世界中にあるんだなぁと気づかせてくれます。

「落葉《らくよう》」

秋《あき》の日《ひ》の
ヴィオロンの
ためいきの
身《み》にしみて
ひたぶるに
うら悲《かな》し。

鐘《かね》のおとに
胸《むね》ふたぎ
色《いろ》かへ《え》て
涙《なみだ》ぐむ
過《す》ぎし日《ひ》の
おもひ《い》でや。

げにわれは
うらぶれて
ここかしこ
さだめなく
とび散《ち》ら《ろ》ふ《う》
落葉《おちば》かな。

ポール＝マリ・ヴェルレーヌ

1844年3月30日、フランス生まれ。おひつじ座。詩人。妻を捨《す》て、放蕩無頼《ほうとうぶらい》の生涯《しょうがい》を送った。うら若《わか》き天才詩人ランボーと同性愛《どうせいあい》だったことも有名。彼の詩は大変に音楽的《おんがくてき》で、訳者《やくしゃ》の上田敏《うえだびん》は「仏蘭西《ふらんす》の詩は―中略《ちゅうりゃく》―ヴェルレエヌに至《いた》り手音楽《ておんがく》の声《こえ》を伝《つた》へ、而《しか》して又更《またさら》に陰影《いんえい》の匂《におい》なつかしきを捉《とら》へむ《ん》とす」と言っている。1896年没《ぼっ》。

訳《やく》／上田敏《うえだびん》

この『落葉《らくよう》』も前出《ぜんしゅつ》の『山《やま》のあなた』も、訳詩集《やくししゅう》『海潮音《かいちょうおん》』に収《おさ》められている。『宝石箱《ほうせきばこ》のような詩集です。

貝を手にすると耳に当ててしまうのはなぜ？　ゴーと音が聞こえるよね。あれは海の響《ひび》きだね。人類《じんるい》は海から来たから、なつかしくてしかたないのかもしれない。耳は貝がらに似《に》てる。いつも海の響きを聞きながらかっこよく生きてみたいよ、僕は。

「耳《みみ》」

ジャン・コクトー

1889年7月5日、フランス生まれ。かに座。エリック・サティが音楽、パブロ・ピカソが美術《びじゅつ》を担当した前衛的《ぜんえいてき》なバ

私《わたし》の耳《みみ》は
貝《かい》のから
海《うみ》の響《ひびき》を
なつかしむ

レエ舞台《ぶたい》『パラード』のシナリオなど、作品を発表《はっぴょう》するたびに斬新《ざんしん》な発想《はっそう》で観客《かんきゃく》を驚《おどろ》かせ、物議《ぶつぎ》を醸《かも》した芸術家《げいじゅつか》。ジャンルは舞台製作《せいさく》、戯曲《ぎきょく》、小説、映画、絵画《かいが》、詩、工芸《こうげい》、論評《ろんぴょう》など多岐《たき》に渡《わた》り、いずれも、スキャンダラスだけれどファッショナブルなものだった。代表作に、ディズニーアニメとしても有名な映画『美女《びじょ》と野獣《やじゅう》』、小説『恐《おそ》るべき子供《こども》たち』など。ナルシシストで自《みずか》らも作品の被写体《ひしゃたい》になっている。１９６３年没《ぼっ》。

訳《やく》／堀口大学《ほりぐちだいがく》

１８９２(明治25)年1月8日、東京本郷《とうきょうほんごう》生まれ。やぎ座。詩人、フランス文学《ぶんがく》の翻訳家《ほんやくか》。上田《うえだ》敏《びん》亡《な》き後、優《やさ》しい言葉遣《づか》いで数々の世界的名ポエムをぴしぴしと翻訳して、僕ら日本人に届《とど》けてくれた人。訳詩集《やくししゅう》に『月《げっ》下《か》の一群《いちぐん》』、創作《そうさく》詩集に『月光《げっこう》とピエロ』がある。１９８１年没《ぼっ》。

「ロミオとヂ《ジ》ュリエット」

戯曲《ぎきょく》「ロミオとヂ《ジ》ュリエット」は、世にあるすべてのラブストーリー、ラブサスペンスの原型《げんけい》ともいえる宝《たから》のような名作。ロミオのモンタギュー家《け》とヂュリエットのキャピュレット家。両家《りょうけ》は長年《ながねん》の敵同士《かたきどうし》だが、障害《しょうがい》を越《こ》えて二人は愛し合ってしまうのだ。「ロミオがその家の子じゃなかったら、問題なく恋人同士になれるのに！」という思いがこもったヂュリエットのセリフがこれ。ちょっとおばあさんっぽいしゃべり方だなぁと思うけれど（文語体《ぶんごたい》っていいます）、この時、ヂュリエットは13歳の設定《せってい》。13歳で命がけの恋をしちゃうんだ。超《ちょう》おませ？

おお、ロミオ、ロミオ！何故《なぜ》卿《おまえ》はロミオぢ《じ》ゃ！

ウィリアム・シェイクスピア

１５６４年４月23日頃、イギリス生まれ。おうし座。世界ナンバーワンの劇作家《げきさっか》。詩人。人間の欲《よく》や衝動《しょうどう》をもとにした悲《ひ》劇《げき》・喜劇《きげき》・歴史劇《れきしげき》をたくさん作った。『ハムレット』『マクベス』などの作品は今でも世界中で上演《じょうえん》されている。１６１６年没《ぼつ》。４月23日に死んだ。誕生日《たんじょうび》と同じ日だ。享年《きょうねん》52？。

訳《やく》／坪内逍遥《つぼうちしょうよう》

１８５９年６月22日、現在の岐阜県《ぎふけん》生まれ。かに座。小説家、劇作家、翻訳家《ほんやくか》。早稲田大学《わせだだいがく》講師《こうし》をしながら、シェイクスピアの作品を日本語に翻訳して届《とど》けてくれた日本近代演劇《きんだいえんげき》の父。死のまぎわまでシェイクスピアの翻訳を続けた。体系的《たいけいてき》にまとめられた小説理論書《りろんしょ》としては日本で最初《さいしょ》のものである『小説神髄《しょうせつしんずい》』でも知られる。１９３５年没《ぼつ》。

一茶《いっさ》の目は虫眼鏡《むしめがね》つき。小さいものをジーッと見るのが得意《とくい》だった。小さいものを見るのは心を豊かにするよ。「こんな秘密《ひみつ》が隠《かく》されているのか？」と発見できるからね。ハエが手足をすりあわすのを見た一茶は、「打たないでくれぇ～」と必死《ひっし》に拝《おが》んでいる動作《どうさ》に見えたんだな。

やれ打《うつ》な
蝿《はえ》が手《て》をすり
足《あし》をする

小林《こばやし》一茶《いっさ》

ふう

はり

ふ は り

雪を見ていると「おいしそうだな」と思うことあるでしょ? お茶碗《ちゃわん》で受けてシロップをかけて食べたくなるよね。あの気持ちを俳句にしたかったんだね。「ふうは《わ》り ふは《わ》り」の部分《ぶぶん》に注目《ちゅうもく》してごらん。雪がスローモーションで落ちてくる感じがよく出ているでしょう。うまい。

む《う》まさ《そ》うな
雪《ゆき》がふうは《わ》り
ふは《わ》り哉《かな》

小林《こばやし》一茶《いっさ》

カエルの喧嘩《けんか》を見ている場面《ばめん》。太ったカエルとやせたカエルの一騎討《いっきう》ちだ。このカエルはなんのために喧嘩しているのでしょう? 実は雌《めす》の取り合いをしている。そして、一茶《いっさ》はやせている方を熱烈応援《ねつれつおうえん》。彼はいつも弱い者を応援してしまう性分《しょうぶん》なんだ。自分に重《かさ》ね合わせて。

痩蛙《やせがえる》
まけるな一茶《いっさ》
是《これ》に有《あり》

小林一茶《こばやしいっさ》

ゆ

ら

り

ゆらり

一茶《いっさ》の句は、ひょうひょうとしていて、あまりに構《かま》えがないのでスッと自然《しぜん》に体に入ってくる。この句では、何気《なにげ》ないホタルの動きを酔《よ》っぱらった人間みたいに表現《ひょうげん》している。ものを楽しく見ようとする目線《めせん》が感じられるね。

大蛍《おおぼたる》ゆらりゆらりと通《とお》りけり

小林《こばやし》一茶《いっさ》

1763年6月15日、現在の長野県《ながのけん》生まれ。ふたご座。江戸《えど》後期の俳人《はいじん》。一生のうちに作った句は2万句《まんく》に及《およ》ぶ。小動物《しょうどうぶつ》や小《しょう》児《に》への愛情《あいじょう》、庶民《しょみん》や人生《じんせい》を詠《うた》った一茶の句は、今《こん》日《にち》では誰《だれ》からも愛されている。しかし、蚤《のみ》をはじめ蚊《か》、蝿《はえ》、蛙《かえる》など、小さな命に目を向け、弱者《じゃくしゃ》をかばいいたわる視点《してん》(思想《しそう》)は、当時の人々からは全《まった》く理《り》解《かい》されず、高く評価《ひょうか》されたのは明治《めいじ》になってからである。一方《いっぽう》で、一茶の人《ひと》となりは、その句のイメージとは対照的《たいしょうてき》。遺産《いさん》相《そう》続《ぞく》で12年も粘《ねば》り込《こ》むなど、図太《ずぶと》くしたたかなものだった。人間って摩訶《まか》不思《ふし》議《ぎ》です。1827年没《ぼっ》。享《きょう》年《ねん》65。

ポイントは寒さを感じるのは後ろからだってこと。背中《せなか》で感じるんですな。「寒っ、ゾクゾクっ、後ろだよ後ろ〜」みたいに急におそわれる感じ。これを「大寒《おおさむ》・小寒《こさむ》・夜寒《よさむ》」と三連発《さんれんぱつ》のゴロ合《あ》わせで見せた。もとネタは「山から小僧《こぞう》がやってきた」というわらべ歌《うた》だよ。

うしろから

大寒《おおさむ》小寒《こさむ》

夜寒《よさむ》哉《かな》

小林《こばやし》一茶《いっさ》

のたり

のたり

のたり

春というのは、ボヤーッと、ボケーッとする季節《きせつ》。しかもポカポカしているから、寝転《ねころ》がってゆっくりするには最高だ。そんな気持ちが「のたりのたり」という言葉にホンワカ表《あらわ》れていますね。「終日《ひねもす》(一日中)」という言葉の響《ひび》きもモターッとしていておもしろい。

春《はる》の海《うみ》
終日《ひねもす》
のたり
のたり哉《かな》

与謝蕪村《よさぶそん》

落ちていく太陽と、輝《かがや》き出す月が同時に見えちゃった。そんな景色《けしき》を句にまとめた。最初《さいしょ》「菜《な》の花《はな》」を見ていて、続いて東の「月」、西の「日」と3か所を順《じゅん》にすばやく写《うつ》している。蕪村《ぶそん》は情景描写《じょうけいびょうしゃ》が得意《とくい》な超一流《ちょういちりゅう》の絵描《えか》きさんだった。だからまるで絵を描いたような句をたくさん作っています。

菜《な》の花《はな》や
月《つき》は東《ひがし》に
日《ひ》は西《にし》に

与謝蕪村《よさぶそん》

1716年、現在の大阪《おおさか》生まれ。江戸《えど》中期の俳人《はいじん》、画家《がか》。絵を描いたような俳風《はいふう》が特徴《とくちょう》。池大雅《いけのたいが》と並《なら》び称《しょう》される文人画《ぶんじんが》の大《たい》家《か》。古典《こてん》・漢詩文《かんしぶん》に学《まな》び、絵画的《かいがてき》、感性的《かんせいてき》、浪漫《ろうまん》的で人生《じんせい》を謳歌《おうか》するように多《た》彩《さい》な俳句を生み出した。厳格《げんかく》に禁欲的《きんよくてき》に「さび」を追求《ついきゅう》した芭蕉《ばしょう》の姿勢《しせい》とは大いに異《こと》なる。1783年没《ぼつ》。享年《きょうねん》68。

カエルが飛び込んで「ポショっ」と音がして、初めて周《まわ》りが静かだってことに気がついた。うまいですねー。高等《こうとう》テクニック。静かさを表《あらわ》すために音を使う。これは天才だけに許《ゆる》された上級《じょうきゅう》技《わざ》です。静けさを味《あじ》わう発想《はっそう》を「さび」といいます。もっと詳《くわ》しく書くと、さびとは、芭蕉《ばしょう》が追い求めた、静かでさびしく、枯《か》れて淡《あわ》い感覚《かんかく》のこと。もう天才！

古池《ふるいけ》や
蛙《かわず》飛《とび》こむ
水《みず》のを《お》と

松尾芭蕉《まつおばしょう》

これも音を描《えが》くことによって逆《ぎゃく》に音のない静かな感じを出すという高等テクニック。天才芭蕉はいつだって〝ハッキリとしたものの後ろにある対極《たいきょく》のもの〟を見ようとする感性《かんせい》を持っていた。蟬《せみ》の鳴《な》き声がジージー鳴きっぱなしなのに、逆に静けさを感じてしまう。台風の中で同時に台風の目を観察《かんさつ》しているような感じというか、なんかひっくり返しになっちゃうような奇妙《きみょう》なポジションにいつも自分を置《お》いていた。

閑《しずか》さや
岩《いわ》にしみ入《いる》
蟬《せみ》の声《こえ》

松尾芭蕉《まつおばしょう》

1644年、現在の三重県上《みえけんうえ》野市《のし》生まれ。江戸《えど》前期の俳人《はいじん》。生涯《しょうがい》に5度の大旅行を重《かさ》ね、旅ごとに新しい俳句のスタイルを求めた。その結果《けっか》として、「不易流行《ふえきりゅうこう》」という俳《はい》風《ふう》に行《ゆ》き着《つ》いた。俳句の魅力《みりょく》は、不易と流行がある。「時代を超《こ》えても変わらない本質《ほんしつ》＝不易」と「その時代の多くの人にアピールする魅力＝流行」だ。「不易流行」とは、流行が不易になることもあるから、とどまらずに変化《へんか》を求め続けよう、ということなのだ。俳聖《はいせい》と呼ばれた芭蕉は51歳《さい》で旅先《たびさき》で倒《たお》れる。辞世《じせい》の句は、「旅《たび》に病《やん》で夢《ゆめ》は枯野《かれの》をかけ廻《めぐ》る」。1694年没《ぼっ》。

雨が降《ふ》って川があふれている。一見《いっけん》なんてことはないと思うでしょ。この句のおもしろさは、雨が降ったのは過去《かこ》で、川の流れが速くなっているのは今だ、という二つの時間が入っているところ。そして雨というのは水の縦《たて》の動きで、川というのは水の横《よこ》の動きであること。さっきまで雨と呼ばれていたものが、川になる。自然の壮大《そうだい》な営《いとな》みをたった17字という瞬間芸《しゅんかんげい》で表《あらわ》しちゃうんだから！　うぉー。

五月雨《さみだれ》をあつめて早《はや》し最上川《もがみがわ》

松尾芭蕉《まつおばしょう》

ボクボクボク、馬の背《せ》にゆられて夏の野を行く。暑《あつ》くつらい旅だ。しかし、見方《みかた》を変えて自分(芭蕉《ばしょう》のことだよ)の姿《すがた》を見れば、中国文人《ぶんじん》の馬の旅を描《えが》いた、一幅《いっぷく》の絵のように思えてきておもしろい。さび芸術一直線《げいじゅついっちょくせん》の芭蕉に、こんなユーモアがある。嬉《うれ》しくなるね。

馬《うま》ぼくぼく我《われ》を ゑ《え》に見《み》る夏野《なつの》哉《かな》

松尾《まつお》芭蕉《ばしょう》

「おくのほそ道《みち》」

芭蕉《ばしょう》は今でいうリュックサック一つ背負《せお》って、徒歩《とほ》旅行を続ける旅人だった。旅先《たびさき》には俳句になりそうな材料《ざいりょう》がたくさんあるからね。旅の効能《こうのう》は、生活や家庭といったものを捨《す》てることで、景色《けしき》や出来事《できごと》をまったく純粋《じゅんすい》な目で見られること。曇《くも》らない目で見ながら「どんな言葉がいいかな？」と考えながら歩くのが楽しい。そして、行く先々で友だちに会いながら旅を楽しむ。そのうち、「月日《つきひ》っていうものすら、旅人みたいなもんじゃん？」って思ったってわけだ。これは元禄《げんろく》時代に書いた旅行記『おくのほそ道《みち》』の序文《じょぶん》。中国の李白《りはく》という人の詩をちょっとマネして作った。ま、でも当時《とうじ》の旅は今と違《ちが》って、命がけというような気持ちで出かけていたんだ。

月日《つきひ》は百代《はくたい》の過客《かかく》にして、
行《ゆき》かふ《う》年《とし》も又《また》旅人《たびびと》也《なり》。
舟《ふね》の上《うえ》に生涯《しょうがい》をうかべ、
馬《うま》の口《くち》とらへ《え》て
老《おい》をむかふ《う》る物《もの》は、
日々《ひび》旅《たび》にして
旅《たび》を栖《すみか》とす。

松尾芭蕉《まつおばしょう》

口語訳《こうごやく》

月日とか時間というものだって、考えてみれば、〝永《えい》遠《えん》の旅人〟だ。往《ゆ》く年も来《く》る年も旅人。だってさ、船《ふな》乗《の》りは船の上にその人の一生《いっしょう》があるし、馬を引いて老《お》いていく者《もの》は、それこそ「旅＝家」みたいなものでしょう。

啄木《たくぼく》は国民的《こくみんてき》大ヒット歌人《かじん》だ。なんで人気があるかといえば、彼の歌はセンチメンタルだから。彼のちょっと弱々《よわよわ》しい感じをみんな愛したんだね。人間の心の弱さを拡大《かくだい》してみせてくれるところがいい。だから、読む側《がわ》に「啄木よりも僕の方が強いかな」と思わせてくれるんだ。そうすると勇気《ゆうき》が湧《わ》いてくるよね。

東《とう》海《かい》の小《こ》島《じま》の磯《いそ》の白《しら》砂《すな》に

われ泣《な》きぬれて

蟹《かに》とたは《わ》むる

石川啄木《いしかわたくぼく》

1886（明治19）年2月20日、岩手県《いわてけん》生まれ。うお座。歌人《かじん》、詩人。若き天才歌人と騒《さわ》がれ、小説家を目指《めざ》したがまったく評価《ひょうか》されなかった。上京《じょうきょう》して朝日新聞社《あさひしんぶんしゃ》に入社《にゅうしゃ》。文学《ぶんがく》の夢を捨《す》てきれず歌人としての道を歩んだ。26歳で早逝《そうせい》。誰《だれ》にも思い当たる感情《かんじょう》を日常《にちじょう》の言葉で詠《よ》むスタイルで死後に大ヒット。歌集《かしゅう》『一握《いちあく》の砂《すな》』『悲《かな》しき玩具《がんぐ》』。1912年没《ぼつ》。

この歌ができてから、日本人はみんな自分の手のひらを見るようになっちゃったんです。「なんでお金が入ってこないんだろう?」って。僕もそうでした。日本人の心のツボを心得《こころえ》ているよねぇ。ふとした瞬間《しゅんかん》、一瞬《いっしゅん》の心の動きを写真《しゃしん》のように切り取るうまさを感じてほしい。(「啄《たく》木《ぼく》は短歌《たんか》を書く時に"三行分《さんぎょうわか》ち書《が》き"といって三行に分《わ》けて書いたけれども、手の歌なので、今《こん》回《かい》は指の数になぞらえて五行《ごぎょう》にしてみました」デザイナー弁《べん》)

はたらけど
はたらけど
猶《なお》わが生活《くらし》
楽《らく》にならざり
ぢつと手《て》を見《み》る

石川啄木《いしかわたくぼく》

上野駅《うえのえき》の情景《じょうけい》。昔《むかし》の上野駅は東北《とうほく》地方に向かう汽車《きしゃ》の発着《はっちゃく》駅だった。啄木は落《お》ち込《こ》んでしまった時、わざわざ故郷岩手《こきょういわて》の方言《ほうげん》を聞きに上野駅まで出かけた。そこには故郷の言葉や匂《にお》いがある。わざわざ聞きに行くところが啄木の真骨頂《しんこっちょう》です。この弱さがすてきですね。

ふるさとの訛《なまり》なつかし
停車場《ていしゃば》の人《ひと》ごみの中《なか》に
そを聴《き》きにゆく

石川啄木《いしかわたくぼく》

自分《じぶん》が柿《かき》を食べたら鐘《かね》が鳴ったという。僕は思うんだけど、それ偶然《ぐうぜん》でしょ！　なんとも自分《じぶん》勝手《かって》。柿と鐘もまったく関係《かんけい》ないしさ。でも、この乱暴《らんぼう》さがおもしろみがあっていいんです。ダイナミックな出会い。ハッと笑わせてくれるような、一見《いっけん》、こっちがきょとんとしてしまうような楽しさ。なお、子規《しき》はこの句の前に「法隆寺《ほうりゅうじ》の茶店《ちゃみせ》に憩《いこ》ひて」と書いている。

柿《かき》くへ《え》ば
鐘《かね》が鳴《な》るなり
法隆寺《ほうりゅうじ》

正岡子規《まさおかしき》

病気になってしまって、ずっと寝《ね》たきり生活《せいかつ》をしていたもので、積雪量《せきせつりょう》がわからないんです。だから外の雪が気になって、家族《かぞく》や自分の家に見舞《みま》いなどで訪《たず》ねてくる人に「どれくらい積《つ》もっているの？」とたずねずにいられないんですね。

いくたびも雪《ゆき》の深《ふか》さを尋《たず》ねけり

正岡子規《まさおかしき》

１８６７年10月14日、現在の愛媛県《えひめけん》生まれ。てんびん座。歌人《かじん》、俳人《はいじん》。絵《え》の写生《しゃせい》からヒントを得て、見たものをありのままに書く「写生文《しゃせいぶん》」という発想《はっそう》を発明《はつめい》した。それは、夏目漱石《なつめそうせき》の『吾輩《わがはい》は猫《ねこ》である』を生み、現在我々《われわれ》が使っている文章《ぶんしょう》表現《ひょうげん》のもととなった。日本語の歴史的革新《れきしてきかくしん》。彼は結核《けっかく》に脊椎《せきつい》カリエスを併発《へいはつ》し、全身《ぜんしん》の激痛《げきつう》に耐《た》えながら、35歳《さい》で亡《な》くなるまで、随筆《ずいひつ》『病牀六尺《びょうしょうろくしゃく》』を発表《はっぴょう》し続けた。その中で話し言葉による文学《ぶんがく》を作り上げている。学生の頃は野球《やきゅう》に熱中《ねっちゅう》し、野球用語《ようご》の生みの親として、野球殿堂《でんどう》入りもした。１９０２年没《ぼつ》。

言葉の意味は、仁《じん》＝思いやり、いつくしみ、最高《さいこう》の徳《とく》。義《ぎ》＝正義《せいぎ》。礼《れい》＝礼儀《れいぎ》。智《ち》＝智恵《ちえ》。忠《ちゅう》＝忠誠《ちゅうせい》心《しん》。信《しん》＝真実《しんじつ》、信頼《しんらい》。孝《こう》＝親孝行《おやこうこう》。悌《てい》＝兄弟を愛する気持ち。「生きていく上でこの八つは大切だぞ」という大事な教《おし》えの呪文《じゅもん》です。

じん

仁

義《ぎ》

礼《れい》

智《ち》

忠《ちゅう》

信《しん》

孝《こう》

悌《てい》

仁《じん》・義《ぎ》・礼《れい》・智《ち》・忠《ちゅう》・信《しん》・孝《こう》・悌《てい》「南総里見八犬伝《なんそうさとみはっけんでん》」

日本が生んだSFファンタジー。『スター・ウォーズ』もビックリの最高傑作《さいこうけっさく》が『南総里見八犬伝《なんそうさとみはっけんでん》』。「仁《じん》・義《ぎ》…」の八つの玉《たま》が、名字《みょうじ》に「犬《いぬ》」の字が入った8人(八犬士《はちけんし》)のもとへ飛《と》び散《ち》った。その8人がしだいに集結《しゅうけつ》し、悪《あく》を倒《たお》す壮大《そうだい》な物語。何度も歌舞伎《かぶき》に脚色《きゃくしょく》され、手《て》ぬぐいや双六《すごろく》など、キャラクター商品《しょうひん》もたくさん生まれた。

曲亭《きょくてい》(滝沢《たきざわ》)馬琴《ばきん》

1767年7月4日、江戸《えど》深川《ふかがわ》(現在の東京《とうきょう》都《と》江東区《こうとうく》)生まれ。かに座。江戸《えど》後期のSF《エスエフ》ファンタジー作家。40代後半で『八犬伝《はっけんでん》』を書き始め、途中《とちゅう》目が見えなくなってからは、口述《こうじゅつ》して息子《むすこ》の妻《つま》、路《みち》が書きとめた。75歳《さい》の時、やっと完結《かんけつ》! 全106冊、28年がかりの、世界的にも有数《ゆうすう》な長《ちょう》編《へん》小説となった。1848年没《ぼっ》。享年《きょうねん》82。

「五《ご》輪《りん》書《しょ》」

千日《せんにち》の稽古《けいこ》を鍛《たん》とし、万日《まんにち》の稽古《けいこ》を練《れん》とす。能々《よくよく》吟味《ぎんみ》有《あ》るべきもの也《なり》。

なにかをやりとげた後は無性《むしょう》に〃秘伝書《ひでんしょ》〃を書きたくなる。目のつけどころや手順《てじゅん》を他の人にアドバイスしたくなるよね。武芸を極《きわ》めた武蔵は言う。日本一になるためには、「千日《せんにち》」＝3年かけて「鍛《たん》」＝タフになり、「万日《まんにち》」＝30年かけて「練《れん》」＝練《ね》り上《あ》げなければならん。それが「鍛練《たんれん》」じゃ。よく考えたまえ。1日2日じゃ、どーにもなんねーぞ！と。

宮本《みやもと》武蔵《むさし》

1584年頃生まれる。出身地《しゅっしんち》は現在の岡山県《おかやまけん》、兵庫県《ひょうごけん》など諸説《しょせつ》ある。江《え》戸《ど》初期の剣客《けんかく》。武蔵《むさし》といえば二刀流《にとうりゅう》（二天一流《にてんいちりゅう》）、諸国《しょこく》を巡《めぐ》る武者修行《むしゃしゅぎょう》の中から編《あ》み出した。歴代最強《れきだいさいきょう》武士《ぶし》の誉《ほま》れ高《たか》いが負けそうな試合《しあい》はしなかった説《せつ》も。60歳《さい》で「武芸《ぶげい》マニュアル」ともいえる『五輪書《ごりんしょ》』を書き始め62歳で書き上げ、さらに『独行道《どっこうどう》』をまとめた直後《ちょくご》に死んだ。吉川英《よしかわえい》治《じ》の小説《しょうせつ》『宮本武蔵《みやもとむさし》』が有名だ。1645年没《ぼっ》。

「偶成《ぐうせい》」

少年《しょうねん》老《お》い易《やす》く学《がく》成《な》り難《がた》し
一寸《いっすん》の光陰《こういん》軽《かろ》んずべからず
未《いま》だ覚《さ》めず池《ち》塘《とう》春《しゅん》草《そう》の夢《ゆめ》
階前《かいぜん》の梧葉《ごよう》已《すで》に秋声《しゅうせい》

少年易老学難成
一寸光陰不可軽
未覚池塘春草夢
階前梧葉已秋声

偶成《ぐうせい》

オトナは忙《いそが》しい。忙しすぎて何にもするヒマがない。これホント！アッと気がつくと、もう50歳《さい》60歳になっている。これホント！だから時間は大切にね、というお話だ。サッカーなど、スポーツのコーチング用語《ようご》でゴールデンエイジというものがある。10歳から14歳くらいまでの年齢《ねんれい》の子どものことです。この時期《じき》に、基本的《きほんてき》な技術《ぎじゅつ》をどれだけ身につけられるか。いかに技《わざ》を手にするか。これがその後の成長《せいちょう》を大きく左右《さゆう》するといわれている。そのわけは、この時期に覚《おぼ》えたことは、一生涯忘れず《いっしょうがいわす》、体や頭にしみ込《こ》むからだ。これは教養《きょうよう》の世界でも同じ。若《わか》いうちにすばらしい日本語をたくさん体の中に蓄《たくわ》え込んでほしい。日々、暗誦《あんしょう》！

口語訳《こうごやく》

少年はあっという間に年を取り、学《まな》ぶべきことを学ばずに終わる。一瞬《いっしゅん》の時間も無駄《むだ》にしないことだ。池の端《はた》に生えている草を見て、「春だなぁ、夢《ゆめ》みたいだなぁ」ってまどろんでいるうちに、庭先《にわさき》の桐《きり》の葉《は》は黄色《きいろ》く紅葉《こうよう》して……。すでに秋だったりする。

作者不詳《さくしゃふしょう》

1130年に南宋《なんそう》の南剣州《なんけんしゅう》（現在の中国福建省《ふっけんしょう》）で生まれた哲《てつ》学者《がくしゃ》、朱熹《しゅき》が書いたといわれているが、くわしくはわからない。日本人が書いたという説《せつ》も有力《ゆうりょく》。

「春《しゅん》望《ぼう》」

国《くに》破《やぶ》れて山河《さんが》あり
城《しろ》春《はる》にして草木《そうもく》深《ふか》し
時《とき》に感《かん》じて花《はな》にも涙《なみだ》を濺《そそ》ぎ
別《わか》れを恨《うら》んで鳥《とり》にも心《こころ》を驚《おどろ》かす
烽火《ほうか》三月《さんげつ》に連《つら》なり
家書《かしょ》万金《ばんきん》に抵《あた》る
白頭《はくとう》搔《か》けば更《さら》に短《みじか》く
渾《すべ》て簪《しん》に勝《た》えざらんと欲《ほっ》す

国破山河在
城春草木深
感時花濺涙
恨別鳥驚心
烽火連三月
家書抵万金
白頭搔更短
渾欲不勝簪

杜甫《とほ》

春望《しゅんぼう》

これは漢詩《かんし》です。中国の古い詩の形（五言律詩《ごごんりつし》）で、5文字一組《ひとくみ》で成《な》り、それが連《つら》なりながら構成《こうせい》されるのが特徴《とくちょう》。句同士《くどうし》が響《ひび》き合っているところが味《あじ》わいなんだ。さて、この詩を作った杜甫《とほ》は、「科挙《かきょ》」という公務員試験《こうむいんしけん》に落っこっちゃった受験戦争《じゅけんせんそう》の負《ま》け組《ぐみ》。その結果《けっか》、不遇《ふぐう》のうちに広大《こうだい》な中国全土《ぜんど》を旅していく、放浪《ほうろう》のプロとなってしまう。旅を続けながら、さまざまなものを見聞《みき》きしていった。そうして、人生《じんせい》のはかなさを数多く詩に書きました。

この『春望《しゅんぼう》』は、安禄山《あんろくさん》の乱《らん》（安史《あんし》の乱）という国内《こくない》戦争が起《お》こって、彼が捕虜《ほりょ》になって長安《ちょうあん》の都《みやこ》に幽閉《ゆうへい》されていた時に、はなればなれになった家族に想《おも》いをはせて作った詩。壮大《そうだい》なスケールの滅《ほろ》びのロマンがかっこいい。この詩に出会った松尾芭蕉《まつおばしょう》がマネをして「夏草《なつくさ》や兵共《つわものども》がゆめの跡《あと》」という句を作ったり、土井晩翠《どいばんすい》が『荒城《こうじょう》の月《つき》』を書いたりしているほどなんだよ。

口語訳《こうごやく》

戦争で国がボロボロになったけれど山河《さんが》は超然《ちょうぜん》として残っている。長安の都には春が巡《めぐ》ってきて草木が茂《しげ》ってきたけれど、この御時世《ごじせい》を考えると、花を見ても涙が出るし、鳥の声を聞いても、家族のことが思い出されて悲しい。戦争は三か月も続き、故《こ》郷《きょう》からの手紙は万金《ばんきん》に値《あたい》するほど貴重《きちょう》だ。自分の白髪頭《しらがあたま》をかいてみると、髪《かみ》が薄《うす》くなってしまって、帽子《ぼうし》をとめるかんざしもさせないよ。ふぅ。

杜甫《とほ》

712年、唐《とう》の鞏県《きょうけん》(現在の中国河南省《かなんしょう》)生まれ。詩人。祖父《そふ》が詩人、父が官僚《かんりょう》の名家《めいか》に生まれる。最初《さいしょ》は官僚を目指《めざ》し国家《こっか》公務員試験(科挙)を受けるが何度も不《ふ》合格《ごうかく》。40代半《だいなか》ばまで定職《ていしょく》がなく、中国各地《かくち》を放浪しながら詩を作った。その人生はずっと貧乏《びんぼう》で、59歳《さい》で亡《な》くなったが、前の晩《ばん》に大量《たいりょう》の牛肉《ぎゅうにく》を食べ過《す》ぎ、酒を飲み過ぎたことが原因《げんいん》だったともいわれる。中国では「詩聖《しせい》」と称《たた》えられている。770年没《ぼっ》。

「万《まん》葉《よう》集《しゅう》」

『万葉集《まんようしゅう》』は奈良《なら》時代に成立《せいりつ》した歌集《かしゅう》。現存《げんぞん》する日本最古《さいこ》の歌集で全20巻。大伴家持《おおとものやかもち》が編集《へんしゅう》にかかわった。短歌《たんか》、長歌《ちょうか》、旋頭歌《せどうか》、仏足石歌体《ぶっそくせきかたい》の4種類《しゅるい》があり、歌の総数《そうすう》は4500首余《しゅあま》りもある。作者は、天皇《てんのう》、皇族《こうぞく》、貴族《きぞく》、防人《さきもり》、遊女《ゆうじょ》など、さまざまな階層《かいそう》に渡《わた》り、さまざまなジャンルが入ったまさに国民的《こくみんてき》歌集。その質《しつ》と量《りょう》をさして「万葉《まんよう》」と名付《なづ》けられた。日本人の魂《たましい》のふるさとである。

あかねさす
紫野《むらさきの》行《ゆ》き
標野《しめの》行《ゆ》き
野守《のもり》は見《み》ずや
君《きみ》が袖《そで》振《ふ》る

額田王《ぬかたのおおきみ》

大和《やまと》時代の歌人《かじん》。祭祀《さいし》や神事《しんじ》を司《つかさど》る巫女《みこ》であったという説《せつ》も。大化《たいか》の改新《かいしん》を企図《きと》した時の勢力者《せいりょくしゃ》・中大兄皇子《なかのおおえのおうじ》（後《のち》の天智《てんじ》天皇）と、大海人皇子《おおあまのおうじ》（天武《てんむ》天皇）の兄弟ともにオープンに愛を交《かわ》した。この歌には大海人皇子からの「むらさきのにほ《お》へ《え》る妹《いも》を憎《にく》くあらば人妻《ひとづま》ゆゑ《え》にわれ恋《こ》ひめやも」（紫《むらさき》のように美しいあなたを、もし憎《にく》いのであれば、人妻なのになんでまた恋しいなどと思うものか）という返歌《へんか》がある。生没年《せいぼつねん》不詳《ふしょう》。

「紫《むらさき》（草の名前です）生《お》い茂《しげ》る野原で、かつて恋人だったあなた（大海人皇子）が私のことを思って手を振《ふ》ってくれるけれど、野原の番人《ばんにん》に、それがばれてしまいます」。額田王《ぬかたのおおきみ》が、昔《むかし》愛し合っていた大海人皇子にあてて歌った一首。宴会《えんかい》の席で余興《よきょう》で作った歌なんだ。ホントは今も好きなのかもしれない、そうじゃないかもしれない、そのあたりが謎《なぞ》めいているところが、大人の恋の複雑《ふくざつ》な味《あじ》わいだね。

「小倉百人一首《おぐらひゃくにんいっしゅ》」

『小倉百人一首《おぐらひゃくにんいっしゅ》』は、鎌倉《かまくら》時代を代表《だいひょう》する歌人藤原定家《かじんふじわらのさだいえ》が小倉山《おぐらやま》の山荘《さんそう》で選《えら》んだ和歌《わか》のベスト・アルバム。その名のとおり100首《しゅ》の歌が収《おさ》められている。これ、五七五《ごしちご》七七《しちしち》をどう読むか。宮中歌会始《きゅうちゅううたかいはじめ》などを見るとわかるんだけど、と――ってもゆっくり読む。五・しーん、七・しーん、五・しーん……。って感じです。たっぷり間《ま》を空《あ》けるんだね。のんびりしているんだけど、和歌っていうのは最後《さいご》の七七で感情《かんじょう》がどーっと流れ出ていく情熱《じょうねつ》が特徴《とくちょう》。感情を表《あらわ》すのに適《てき》した形式《けいしき》なのだ。

君《きみ》がため
春《はる》の野《の》に出《い》でて
若菜《わかな》つむ
わが衣手《ころもで》に
ゆきはふりつつ

光孝天皇《こうこうてんのう》

830年生まれ、第58代天皇《てんのう》。当時《とうじ》、天皇位《い》につくために権力者《けんりょくしゃ》・藤原基経《ふじわらのもとつね》に媚《こ》びる皇位継承者《こういけいしょうしゃ》が多い中、常《つね》に毅然《きぜん》とし、泰然自《たいぜんじ》若《じゃく》とした風流人《ふうりゅうじん》であった。それがかえって基経に強い印象を与え、55歳《さい》の高《こう》齢《れい》で即位《そくい》した。887年没《ぼつ》。

「あなたにあげようと思って、正月の野原で春の七草《ななくさ》を摘《つ》みました。着物《きもの》の袖《そで》に雪がかかりました」という意味。春の七草を誰《だれ》かに贈《おく》る時に添《そ》えたあいさつ文《ぶん》だといわれています。

「源《げん》氏《じ》物《もの》語《がたり》」

『源氏物語《げんじものがたり》』は史上最高《しじょうさいこう》にモテた主人公《しゅじんこう》・光源氏《ひかるげんじ》の物語。平安貴族《へいあんきぞく》の美人たちにモテまくり。この男がモテる理由《りゆう》は一言《ひとこと》で言える。カッコイイ上にマメなのだ。こまめに通《かよ》う。まめに和歌《わか》を贈《おく》る(今でいうと気《き》の利《き》いたメールをせっせと出す感覚《かんかく》だ)。そしていく時は強引《ごういん》にいく。ここで紹介《しょうかい》する一節《いっせつ》は源氏の母、桐壺更衣《きりつぼのこうい》の様子《ようす》を書いたもの。「それほど位《くらい》が高いわけではないのに、帝《みかど》から特《とく》に愛され、大変な評判《ひょうばん》になった女性がいた」。つまり、母子《ぼし》ともどもモテモテだったらしい!

いと、
やむ《ん》ごとなき
際《きわ》にはあらぬが、
すぐれて
時《とき》めき給《たま》ふ《う》
ありけり。

紫式部《むらさきしきぶ》

978年頃生まれる。平安中期の女流《じょりゅう》ベストセラー作家。夫《おっと》の死後に書き始めた『源氏物語』は、光源氏の誕生《たんじょう》からその子、薫《かおる》の代《だい》まで、70余年《よねん》に渡《わた》る時の流れを400人もの登場人物《とうじょうじんぶつ》で描《えが》く、壮大《そうだい》なスケールの作品となった。この全《ぜん》54帖《じょう》のラブストーリーは世界的《せかいてき》にも評価《ひょうか》が高《たか》い。日本古典《こてん》文学《ぶんがく》の奇跡《きせき》の最高傑作《けっさく》である。1014年頃没《ぼつ》。享年《きょうねん》37?。

「竹《たけ》取《とり》物《もの》語《がたり》」

いまは昔《むかし》、
竹《たけ》取《とり》の翁《おきな》といふ《う》もの有《あり》けり。
野《の》山《やま》にまじりて竹《たけ》を取《と》りつつ、
よろづ《ず》の事《こと》に使《つか》ひ《い》けり。

名《な》をば、
さかきの造《みやつこ》となむいひける。
その竹《たけ》の中《なか》に、
もと光《ひか》る竹《たけ》なむ一筋《ひとすじ》ありける。
あやしがりて寄《よ》りて見《み》るに、
筒《つつ》の中《なか》光《ひか》りたり。
それを見《み》れば、
三寸《さんずん》ばかりなる人《ひと》、
いとうつくしうてゐ《い》たり。

竹《たけ》取《とり》物《もの》語《がたり》

「かぐや姫《ひめ》」という名前でみんなも読んだことがあると思いますが、その大本《おおもと》がこの「竹取物語《たけとりものがたり》」。これ、みごとよ！　ハリウッド映画もビックリのスペースオペラ。月で罪《つみ》を犯《おか》したために地球《ちきゅう》の「竹」の中に送られたお姫様《ひめさま》。彼女は美人に育ったので、いろんな男性から結婚《けっこん》を申《もう》し込《こ》まれるがすべて断《ことわ》る。やがて、月へ帰る、涙《なみだ》、涙の別れの日がやってくる――すごい壮大《そうだい》な物語なのであります。

この話は、伝承《でんしょう》物語といって、誰《だれ》かから誰かへ口伝《くちづ》てで伝わってきた、さまざまなお話を、一《ひと》つのストーリーの中に、ぜんぶ盛《も》り込《こ》んで仕《し》立《た》て上げたぜいたく品《ひん》なんです。

「いまは昔《むかし》」という出だしが最高《さいこう》だね。「むか～し、むか～し」というん気な感じじゃなくて、「いまは昔」とビシッということによって、一《いっ》気《き》に過去《かこ》に体が持っていかれる感覚《かんかく》。ワープ感覚。現代文《げんだいぶん》で読んだ人は、ぜひ古文《こぶん》でも読んでほしいなぁ。むずかしくないよ。

口語訳《こうごやく》

今ではもう昔のこと。竹取の翁《おきな》（おじいさん）と呼ばれる人がいた。野山《のやま》に分《わ》け入って竹を取り、いろいろなことに使っていた。おじいさんの名前は「さかきの造《みやつこ》」といった。ある竹の中に、根元《ねもと》が光っているものが1本あった。不思議《ふしぎ》に思って近寄《ちかよ》ってみると、筒《つつ》の中が光っている。よく見ると3寸《ずん》（約《やく》9センチ）くらいの人が、たいそうかわいらしい姿《すがた》で座《すわ》っていた。

竹取物語《たけとりものがたり》

日本最古《さいこ》の創作《そうさく》物語にもかかわらず、『未知《みち》との遭遇《そうぐう》』あり、恋愛《れんあい》のかけひきあり、激《はげ》しいバトルあり、はたまた養父母《ようふぼ》との涙の別れありと、現代《げんだい》小説のヒット要素《ようそ》を全部《ぜんぶ》入《こ》れ込んだファンタジー。また、我《わ》が国の古典《こてん》には珍《めずら》しくユーモアに富《と》み、滑稽文学《こっけいぶんがく》としても名高《なだか》い。平安《へいあん》前期の作《さく》といわれ、作者不明《さくしゃふめい》だが、日本古《こ》来《らい》の「羽衣伝説《はごろもでんせつ》」がヒントになっている。これは、天女降臨《てんにょこうりん》→人間と結婚→再《ふたた》び昇天《しょうてん》という伝説《でんせつ》で、今も全国各地《ぜんこくかくち》に残る。千年以上も昔から、日本人は「宇宙人《うちゅうじん》＝天女はいる説」を唱《とな》え続けているのだった!?

#「梁《りょう》塵《じん》秘《ひ》抄《しょう》」

「遊ぶために生まれてきたんじゃないか、というほど、子どもはよく遊ぶ。遊ぶ子どもの声を聞けば、（大人《おとな》になってしまった）こっちまで体が動いてきそうになるなぁ」という意味。この歌が収《おさ》められた歌集《かしゅう》『梁塵秘抄《りょうじんひしょう》』には、一般人《いっぱんじん》の間《あいだ》に流行《りゅうこう》した、はやり歌がたくさん収録《しゅうろく》された。この歌は、白拍子《しらびょうし》（遊女《ゆうじょ》）が歌った歌。子どもへの応援歌《おうえんか》みたいだね。当時はメロディーがあったらしいのだが、それは残念《ざんねん》ながら伝《つた》わっていない。オリジナルの節《ふし》をつけて歌ってみよう！

遊《あそ》びをせんとや生《うま》れけむ《ん》、
戯《たわぶ》れせんとや生《むま》れけん、
遊《あそ》ぶ子供《こども》の声《こえ》きけば、
我《わ》が身《み》さへ《え》こそ動《ゆる》がるれ。

梁塵秘抄《りょうじんひしょう》

平安《へいあん》後期に後白河法皇《ごしらかわほうおう》が編纂《へんさん》した、はやり歌集《うたしゅう》。宮廷《きゅうてい》で詠《よ》まれた和歌《わか》ではなく、白拍子や傀儡子《くぐつ》と呼ばれる女芸人《おんなげいにん》など、民衆《みんしゅう》の流行歌謡《かよう》を集めたところに価値《かち》がある。歌・音楽《おんがく》を愛した後白河法皇だったが、政治家《せいじか》としては、源頼朝《みなもとのよりとも》、義経《よしつね》などを陰《かげ》であやつって戦《たたか》わせた「日本一の大《おお》天狗《てんぐ》」といわれる陰謀家《いんぼうか》でした。

「徒然草《つれづれぐさ》」

つれづれなるままに、
日《ひ》くらし、
硯《すずり》にむかひて、
心《こころ》に移《うつ》りゆくよしなし事《ごと》を、
そこはかとなく書《か》きつくれば、
あやしうこそものぐるほ《お》しけれ。

兼好法師《けんこうほうし》

徒然草《つれづれぐさ》

大学入試古文出題率《だいがくにゅうしこぶんしゅつだいりつ》ナンバーワンがこの『徒然草《つれづれぐさ》』。つまり、日本人はこれが大好きということなんです。なんでそんなに惹《ひ》きつけられるか。今連載《れんさい》しても大人気になるほどの超《ちょう》おもしろエッセーだから。

彼は一言《ひとこと》でいうと「人生《じんせい》を深く味《あじ》わうための教訓《きょうくん》オヤジ」。もっと簡単《かんたん》にいうなら「上達論《じょうたつろん》オヤジ」と呼んでもいい。

たとえば「必《かなら》ず果《はた》し遂《と》げんと思《おも》はん事《こと》は、機嫌《きげん》を言《い》ふべからず」（必ず成《な》し遂げたいと思うことは、時機《じき》をとやかく言ってはいけない）というくだり。これはもう成功《せいこう》への格言《かくげん》といえましょう。

「つれづれなるままに……」で始まる有名な出だし部分は、一見《いっけん》、静かな感じでしょう。でもそれはワナだ。よく読むと「書いてるうちに頭がグルグルっと回り出して、いろんな思いが湧《わ》き出して、ノンストップになっちゃうよ！」っててんだから。原稿用紙《げんこうようし》を前にすると頭が真っ白になってしまう人がいるけれど、兼好《けんこう》さんは、頭がおかしくなってしまうほど書きたいことが湧いて出てしまう。作文を書く人はまずこの状態《じょうたい》をモデルにしてください。

口語訳《こうごやく》

すんごいヒマだからなんか書いてみよう。一日中、硯《すずり》で墨《すみ》をすって、心に浮《う》かんでくる、とりとめのないことを、片《かた》っぱしから紙に書いていると、……どういうわけだか、書きたいことがあふれてきて、クレイジーな熱い気分になってきたぜ！

兼好法師《けんこうほうし》

１２８３年頃、現在の京都《きょうと》に生まれたといわれる。鎌倉末期《かまくらまっき》の歌人《かじん》、随筆家《ずいひつか》。宮廷《きゅうてい》に仕《つか》えた後、30歳《さい》頃に出家《しゅっけ》して僧《そう》になる。隠遁《いんとん》暮《ぐ》らしのイメージがあるが、幅《はば》広《ひろ》い交友関係《こうゆうかんけい》を持ち、旅行もあちこちし、非常《ひじょう》にアクティブで才能《さいのう》ある社交家《しゃこうか》だった。『徒然草』が完成《かんせい》したのは50歳くらい。弓の名人に聞いた極意《ごくい》「初心《しょしん》の人、二つの矢を持つ事《こと》なかれ」（一つのことに集中《しゅうちゅう》しろ）の部分も有名だ。１３５２年頃没《ぼっ》。享年《きょうねん》70？。

川の話。「すべてが移《うつ》り変わるもんだ」という仏教《ぶっきょう》が得意《とくい》とする無常観《むじょうかん》のお話。『平家物語《へいけものがたり》』に似《に》ている。これがなぜ日本人に人気があるかというと、日本には川が多いからです。「あ、川には同じ水は二度と流れない。これは時の流れと同じだ！ 人生《じんせい》みたいだ！」となるわけですな。「結局《けっきょく》、海に帰るんだから、死ぬのは怖《こわ》くないよ」と僕らは感じるわけです。『方丈記《ほうじょうき》』はそのような無常観の本だけど、大火《たいか》、辻風《つじかぜ》、遷都《せんと》、飢饉《ききん》、大地震《おおじしん》など災難《さいなん》のレポートが書かれているのも読みどころで、「人の人生、どうなんだろうね〜」としみるのである。古典《こてん》を読む時「昔《むかし》のことだ、私には関係《かんけい》ない」と思ってはいけないよ。『方丈記』を読んで、自分の人生や今という時代を、見つめ直《なお》してほしい。古典はいつも新しい。何かを教えてくれる。

「方丈記《ほうじょうき》」

ゆく河《かわ》の流《なが》れは絶《た》えずして、
しかも、もとの水《みず》にあらず。
淀《よど》みに浮《うか》ぶうたかたは、
かつ消《き》えかつ結《むす》びて、
久《ひさ》しくとどまりたる例《ためし》なし。
世中《よのなか》にある人《ひと》と栖《すみか》と、
またかくのごとし。

鴨長明《かものちょうめい》

1155年、現在の京都《きょうと》生まれ。鎌倉《かまくら》前期の歌人《かじん》、随《ずい》筆家《ひっか》。父は下鴨神社《しもがもじんじゃ》の神官《しんかん》。20歳《さい》頃に父を亡《な》くしてから和歌《わか》と琵琶《びわ》に打ち込《こ》んだ。なんかシンガーソングライターのイメージだ。源平《げんぺい》の争乱《そうらん》、打ち続く天変地異《てんぺんちい》。人の世のはかなさを感じて出《しゅっ》家《け》。約《やく》3メートル四方《しほう》（方丈《ほうじょう》）の小さな庵《いおり》に住んで、彼はこの『方丈記』を書いた。1216年没《ぼつ》。

口語訳《こうごやく》

流れゆく河はとどまることがなく、しかもいつも同じ水ではない。淀《よど》みに浮《う》かぶ泡《あわ》は、消えたり生まれたりして、ずっとそこにあり続けたことはない。世の中も人も家もまた、こんなふうに移り変わっていくものだ。

「男が書いている日記《にっき》というものを女の私も書いてみよう」という意味。実は紀貫之《きのつらゆき》は、女のふりをしてこの日記を書いたのだった。そのわけは、当時《とうじ》、男は漢字だけ、女はひらがなだけを使うと決まっていたからだ。紀貫之は、ひらがなで書いてみたかったんだね。こうして、今、僕たちがふつうに使っている〝漢字かなまじり文《ぶん》〟の原形《げんけい》が初めて生まれた。内容《ないよう》は平安《へいあん》前期の934~935年、赴任先《ふにんさき》の土佐《とさ》から京都《きょうと》へと船で戻《もど》る道中《どうちゅう》の旅日記。赴任中に亡《な》くした幼《おさな》い娘《むすめ》への哀《かな》しみに彩《いろど》られているが、僕はむしろ、海賊《かいぞく》の心配や、嵐《あらし》で船がなかなか出なくて旅が進まない様子《ようす》など、ユーモア感覚《かんかく》が気に入っているんだ。

「土佐日記《とさにっき》」

男《おとこ》もすなる日《に》記《き》といふ《う》ものを、女《おんな》もしてみむ《ん》とてするなり。

紀貫之《きのつらゆき》

870年頃生まれる。平安前期の歌人《かじん》。平安時代の歌人で和歌《わか》研究者《けんきゅうしゃ》の藤《ふじ》原《わら》公任《のきんとう》が選《えら》んだ平安時代ベスト36歌人＝三十六歌《さんじゅうろっか》仙《せん》の一人。天皇《てんのう》の命令で作られた初《はつ》の歌集《かしゅう》『古今和歌《こきんわか》集《しゅう》』の撰者《せんじゃ》としても有名。その冒頭《ぼうとう》、紀貫之が書いた「仮名序《かなじょ》」は、日本最初《さいしょ》の歌《か》論《ろん》として、我《わ》が国独特《どくとく》の短《たん》詩型文学《しけいぶんがく》の発展《はってん》に大《おお》いに貢献《こうけん》した。男が書いた『土《と》佐日記《さにっ》』が、後に『紫式部日《むらさきしきぶにっ》記《き》』『和泉式部日記《いずみしきぶにっき》』などの女流《じょりゅう》日記文学へと受け継《つ》がれていく。数多くの偉大《いだい》な業跡《ぎょうせき》を残した貫之だが、終《しゅう》生官位《せいかんい》(身分《みぶん》)は低かった。945年頃没《ぼっ》。享年《きょうねん》76?。

「井戸《いど》の縁《ふち》まで届《とど》かなかった私の丈《たけ》（身長《しんちょう》）も、あなたと会わない間《あいだ》に井戸の縁を越《こ》すまで伸《の》びました（＝最近《さいきん》、ぜんぜん会えないじゃん！）」という、かつては幼《おさな》なじみだった男から女へあてたラブレター（和歌《わか》）。今にもここから恋が始まりそうだね。『伊勢物語《いせものがたり》』は、「むかし、男ありけり」で始まる短編《たんぺん》がいっぱい詰《つ》まっている。そのすべてがドラマの名場面《めいばめん》を切り取ったようです。

「伊勢物語《いせものがたり》」

筒《つつ》井《い》つの井筒《いづつ》にかけしまろがたけ
過《す》ぎにけらしな妹《いも》見《み》ざるまに

伊勢物語《いせものがたり》

平安《へいあん》時代の歌物語《うたものがたり》。モテ男《おとこ》、絶世《ぜっせい》の美男子《びなんし》在原業平《ありわらのなりひら》らしき男の一代記《いちだいき》。125のいろいろな短編で構《こう》成《せい》され、話の途中《とちゅう》で歌が入るミュージカルスタイル。歌を交《まじ》えながら物語が進んでいくところが最大《さいだい》の魅《み》力《りょく》だ。手塚治虫《てづかおさむ》がマンガ『火《ひ》の鳥《とり》』の中で、6段目《だんめ》「芥川《あくたがわ》」を下敷《したじ》きにしたこともある。

「風《ふう》姿《し》花《か》伝《でん》」

世阿弥《ぜあみ》は天才演出家《てんさいえんしゅつか》、能役者《のうやくしゃ》、しかも最高《さいこう》の美男子《びなんし》！ 時代《じだい》のアイドル、将軍足利義満《しょうぐんあしかがよしみつ》に寵愛《ちょうあい》された。『風姿花伝《ふうしかでん》』は能についての理論書《りろんしょ》で、この文は「手《て》の内《うち》を他《ほか》の流派《りゅうは》の役者《やくしゃ》にも観客《かんきゃく》にも隠《かく》しておかないと、驚《おどろ》きや新鮮《しんせん》さがなくなる。だから隠《かく》し方《かた》が大切《たいせつ》」といった意味。すごく奥《おく》深《ぶか》い言葉なんだけど、スターや歌手は隠しておいた方が大輪《たいりん》の花が咲くよといえば、分《わか》り易《やす》いよね。いずれにしろ、この呪文《じゅもん》の真意《しんい》を会得《えとく》したら人気者になること間違《まちが》いない。

秘《ひ》すれば花《はな》なり、秘《ひ》せずば花《はな》なるべからず

世阿弥《ぜあみ》

1363年頃生まれ。室《むろ》町《まち》前期の能役者、戯曲家《ぎきょくか》、総合舞台《そうごうぶたい》演出家。それまで、物《もの》まねや問答《もんどう》のおもしろさなど、娯楽的要素《ごらくてきようそ》が強かった能に歌舞性《かぶせい》を加《くわ》えて、幽玄味《ゆうげんみ》ただよう格《かく》調《ちょう》高《たか》きものに仕立《した》て直《なお》し、大成《たいせい》させた。日本演劇史《えんげきし》の重要人物《じゅうようじんぶつ》。「初心不可忘《しょしんわするべからず》」などの名文句《めいもんく》を残している。能《のう》は歌舞伎《かぶき》より長い伝《でん》統《とう》を持つ古典《こてん》演劇である。代表作《だいひょうさく》は、『高砂《たかさご》』『敦盛《あつもり》』『井筒《いづつ》』など。1443年頃没《ぼっ》。享年《きょうねん》81?。

「雪のように舞《ま》い散《ち》る桜の花に、どこを踏《ふ》んで歩けばいいのか迷《まよ》う、交野《かたの》（現在の大阪府交野市《おおさかふかたのし》）の春の花見です」という意味。『太平記《たいへいき》』の名場面《めいばめん》で、天皇側近《てんのうそっきん》の日野俊基《ひのとしもと》が、クーデターを起《お》こそうとした疑《うたが》いで京都《きょうと》から鎌倉《かまくら》に護送《ごそう》されるお話の一節《いっせつ》。死を覚悟《かくご》して、離別《りべつ》の悲しみを表《あらわ》した名文句《めいもんく》。かっこいい。

「太平記《たいへいき》」

落花《らっか》の雪《ゆき》に踏《ふ》み迷《まよ》ふ、
交野《かたの》の春《はる》の桜狩《さくらが》り

太平記《たいへいき》

京都と吉野《よしの》に二人の天皇が同時に出現《しゅつげん》!? 日本を二分《にぶん》して大戦争《だいせんそう》になった南北朝《なんぼくちょう》時代。その顛末《てんまつ》を書き記《しる》したのが『太平記』。『平家物語《へいけものがたり》』が諸行無常《しょぎょうむじょう》、人生のはかなさを歌っているのに対《たい》し、『太平記』は徹底的《てっていてき》に、したたかに戦《たたか》って戦って死んでいく武士《ぶし》のすさまじき闘志《とうし》、果《は》てしなく続く合戦《かっせん》のダイナミックな描写《びょうしゃ》が特徴《とくちょう》。そこに描かれた、楠木正成《くすのきまさしげ》を初めとする武士の生《い》き様《ざま》は、日本のサムライのお手本となった。政治《せいじ》に対する批判《ひはん》が盛《も》り込《こ》まれていることも特色《とくしょく》。歴《れき》史《し》アクション巨編《きょへん》40巻。作者は小島法師《こじまほうし》と伝《つた》えられるが定《さだ》かではない。

この言葉、いろんな願《ねが》いごとが叶《かな》う呪文《じゅもん》だ。覚《おぼ》えたくなったでしょう? 「一所懸命《いっしょけんめい》に切《せつ》なる気持ちを持っていると、思いが遂《と》げられないということはないんだ」、つまり「気持ちをすえなさい」ってこと。僕が受験《じゅけん》の時に、よく唱《とな》えてたものだ。『正法眼蔵随聞記《しょうぼうげんぞうずいもんき》』は道元《どうげん》という偉《えら》いお坊《ぼう》さんが語った話を、弟子《でし》の懐奘《えじょう》がメモしたもの。鎌倉《かまくら》時代の作《さく》。

「正《しょう》法《ぼう》眼《げん》蔵《ぞう》随《ずい》聞《もん》記《き》」

この心《こころ》
あながちに切《せつ》なるもの、
とげずと
云《い》ふ《う》ことなきなり。

道元《どうげん》

１２００年1月19日、現在の京都《きょうと》生まれ、やぎ座。鎌倉前期の禅僧《ぜんそう》。比叡山《ひえいざん》で勉強し、宋《そう》(現在の中国)に渡《わた》ってさらに勉強して、曹《そう》洞宗《とうしゅう》を開く。ただひたすらに坐《すわ》るべしという「只管《しかん》打坐《たざ》」の教《おし》えを説《と》き、座禅《ざぜん》を日本に広めた。また、トイレや風呂《ふろ》をきれいに使うこと、洗面《せんめん》をすること、食事の仕方《しかた》、規則《きそく》正しく生きる習慣《しゅうかん》などを、日本人の生活に持ち込《こ》んだのも道元だった。１２５３年没《ぼっ》。

「さらば」というのは「そうすれば」の意味。「求めなさい、そうすれば手に入るだろう。求める人だけが得《え》られるんだ」といっている。これは聖書《せいしょ》からの一節《いっせつ》。キリストってぇ人は、決めゼリフの達人《たつじん》。聖書は、世界暗誦文化《せかいあんしょうぶんか》の中心的《ちゅうしんてき》一冊で、欧米《おうべい》などのキリスト教《きょう》の国ではみんなが暗記《あんき》しているものなんだ。文語体《ぶんごたい》の訳《やく》は格調《かくちょう》が高いね。

「新約聖書《しんやくせいしょ》 文語訳《ぶんごやく》」

求《もと》めよ、さらば与《あた》へ《え》られん。

新約聖書《しんやくせいしょ》

キリスト誕生後《たんじょうご》の神の啓《けい》示《じ》を示した書《しょ》。「おのれの如《ごと》くなんぢの隣《となり》を愛すべし」「人もし汝《なんじ》の右の頬《ほお》をうたば、左をも向けよ」「一《ひと》粒《つぶ》の麦《むぎ》、地に落ちて死なずば、唯一《ただひと》つにて在《あ》らん、もし死なば、多くの果《み》を結《むす》ぶべし」「さらば凡《すべ》て人に為《せ》られんと思ふ《う》ことは、人に亦《また》その如《ごと》くせよ」など、有名な文言《もんごん》にあふれている。意外《いがい》なところでは、「豚《ぶた》に真珠《しんじゅ》」「目から鱗《うろこ》が落ちる」も聖書の言葉だ。

天《てん》は人《ひと》の上《うえ》に人《ひと》を造《つく》らず

人《ひと》の下《した》に人《ひと》を造《つく》らず

「学問《がくもん》のすゝ《す》め」

天《てん》は人《ひと》の上《うえ》に人《ひと》を造《つく》らず
人《ひと》の下《した》に人《ひと》を造《つく》らずと言《い》えり。
されば天《てん》より人《ひと》を生《しょう》ずるには、
万人《ばんにん》は万人《ばんにん》皆《みな》同《おな》じ位《くらい》にして、
生《うま》れながら貴賤上下《きせんじょうげ》の差別《さべつ》なく、
万物《ばんぶつ》の霊《れい》たる身《からだ》と心《こころ》との働《はたら》きをもって
天地《てんち》の間《かん》にあるよろずの物《もの》を資《と》り、
もって衣食住《いしょくじゅう》の用《よう》を達《たっ》し、自由自在《じゆうじざい》、
互《たが》いに人《ひと》の妨《さまた》げをなさずして
各々《おのおの》安楽《あんらく》にこの世《よ》を渡《わた》らしめ
給《たも》うの趣意《しゅい》なり。

されども今《いま》広《ひろ》く
この人間《にんげん》世界《せかい》を見渡《みわた》すに、
かしこき人《ひと》あり、おろかなる人《ひと》あり、
貧《まず》しきもあり、富《と》めるもあり、
貴人《きじん》もあり、下人《げにん》もありて、
その有様《ありさま》雲《くも》と泥《どろ》との相違《そうい》あるに
似《に》たるは何《なん》ぞや。
その次第《しだい》甚《はなは》だ明《あき》らかなり。
実語教《じつごきょう》に、人学《ひとまな》ばざれば智《ち》なし、
智《ち》なき者《もの》は愚人《ぐじん》なりとあり。
されば賢人《けんじん》と愚人《ぐじん》との別《べつ》は、
学《まな》ぶと学《まな》ばざるとに由《よ》って
出来《いでく》るものなり。

福沢諭吉《ふくざわゆきち》

学問《がくもん》のすゝ《す》め

福沢諭吉《ふくざわゆきち》はいつでもみんなのそばにいる。そう一万円札《さつ》にいますね。なにっ、見たことがない？ そんな人はお母さんに頼《たの》んでチラッと顔を拝《おが》んできなさい。彼がなぜお札になるくらい偉《えら》かったか。それは1.家柄《いえがら》の差別《さべつ》をすんな！といって、個人《こじん》の実力勝負《じつりょくしょうぶ》の雰囲気《ふんいき》に世の中を変えていった。2.勉強して努力《どりょく》して役に立つことをした人が認《みと》められる社会を作ろう！といった。3.日本の魂《たましい》は忘《わす》れずに、西洋《せいよう》の良《よ》いものは取り入れていく精神《せいしん》（＝和魂洋才《わこんようさい》）を持って新時代の日本を作ろう！といった。「なんだよー、それって全部今の日本じゃん」って思った人、正解《せいかい》。諭吉さんがいたから、今日本がこんなふうに発展《はってん》した。だからお札にもなるっちゅーわけだね。

みなさん、勉強は頭の良い人にまかせておけばいいと思っていませんか？ 逆《ぎゃく》です。勉強はやると頭が良くなるんです。やればやるほど頭が良くなる。そして、良くなった頭を使って、「さぁなにをするか？」って考えるのがものの順序《じゅんじょ》なんだよね。

口語訳《こうごやく》

天は人間を作る時、どれはどれの上で誰《だれ》は誰の下だなんて序列《じょれつ》を考えたりしない。だから天から人間が生まれる時は金持ち・貧乏《びんぼう》などや地位《ちい》の上下なんて差別はなく生まれてくるんだな。そして、みんながみんな等《ひと》しく持っているカラダと心の働《はたら》きを使って、天地《てんち》の間にあるすべてのものに接《せっ》するだけだ。衣食住《いしょくじゅう》を手に入れたら、自由自在《じゆうじざい》に互《たが》いにじゃまをすることなく、個人個人が楽しく楽《らく》ちんにこの世を渡《わた》れよな、よろしく！というのが天のメッセージじゃないのかい。

だけど、実際問題《じっさいもんだい》、周《まわ》りを見まわしてみると、かしこい人もバカな人もいる。貧乏も金持ちもいる。貴族《きぞく》もいれば召使《めしつか》いもいて、なんてゆーか、空に浮《う》かぶ雲と、地べたの泥《どろ》くらい差があるよね。これなんでだ？

この理由《りゆう》はかんたんなことなんだよ。平安《へいあん》末期〜明治《めいじ》初期まで教科書《きょうかしょ》として使われた『実語教《じつごきょう》』という本にこういう言葉がある。「人間、学《まな》ばなければ認識《にんしき》・判断能力《はんだんのうりょく》はつかんよ。認識・判断能力がない人は……。バカだよ」ていうことはだ、かしこい、バカの違《ちが》いは、勉強するかしないかってことで決まっていくってことなのだ！

福沢諭吉《ふくざわゆきち》

1835年1月10日生まれ、やぎ座。思想家《しそうか》、教育者《きょういくしゃ》。諭吉は現在の大分県《おおいたけん》の下級武士《かきゅうぶし》の子として生まれるが、1歳《さい》で父親が死《し》去。緒方洪庵《おがたこうあん》の適塾《てきじゅく》で学び、苦労《くろう》してオランダ語・英語を身につけた後、幕府《ばくふ》の遣米使節《けんべいしせつ》の随行《ずいこう》としてアメリカや欧州《おうしゅう》に渡り、近代文明《きんだいぶんめい》の考えを取り入れ改革《かいかく》を唱《とな》える。慶應義塾大学《けいおうぎじゅくだいがく》のもととなる塾を開いて教育活動《かつどう》や執《しっ》筆《ぴっ》活動に専念《せんねん》。だが幼少時《ようしょうじ》から何《なに》かと上級《じょうきゅう》武士に差別され、その怒《いか》りから、「天《てん》は人《ひと》の上《うえ》に人《ひと》を造《つく》らず」という名文句が出てしまったようだ。この『学問《がくもん》のすゝ《す》め』は340万部《まんぶ》以上《いじょう》も売れたという。当時の人口《じんこう》が3500万人ほどというから、驚異《きょうい》のベストセラーである！1901年没《ぼっ》。享年《きょうねん》66。

トン、トン、トン、

トン、トン、トン、

トン、トン、トン、

「お月夜《つきよ》」

トン、
トン、
トン、
あけてください。
どなたです。
わたしや木《き》の葉《は》よ。
　トン、コトリ。

トン、
トン、
トン、
あけてください。
どなたです。
わたしや風《かぜ》です。
　トン、コトリ。

トン、
トン、
トン、
あけてください。
どなたです。
月《つき》のかげです。
　トン、コトリ。

北原白秋《きたはらはくしゅう》

童謡《どうよう》はくりかえしが多くて、一か所《しょ》だけ変えるパターンが多い。子どもは、くりかえしのリズムを喜ぶからなんだ。この詩は、最初《さいしょ》「トン、トン、トン」とノックした後、「あけてください」「どなたです」と、二人の会話《かいわ》になっているところがいいね。

「揺《ゆり》籃《かご》のうた」

揺籃《ゆりかご》のうたを、
カナリヤが歌《うた》う、よ。
ねんねこ、
ねんねこ、
ねんねこ、よ。

揺籃《ゆりかご》のうえに、
枇杷《びわ》の実《み》が揺《ゆ》れる、よ。
ねんねこ、
ねんねこ、
ねんねこ、よ。

北原白秋《きたはらはくしゅう》

もともと子どもの歌というのは伝承歌《でんしょうか》だったから作者はいなかった。そこで大正《たいしょう》時代に「子どもの歌（童謡《どうよう》）を新しく作ってみよう！」の大ブームが起《お》きる。中心になったのが北原白秋《きたはらはくしゅう》が参《さん》加《か》し、鈴木三重吉《すずきみえきち》が作っていた雑誌《ざっし》『赤《あか》い鳥《とり》』だった。この頃は一つの詩に別の3人の作曲家《さっきょくか》がメロディーをつけたこともあるんだよ。「ねんねこ、ねんねこ」はゆっくり揺《ゆ》れる動きで赤ちゃんを寝《ね》かせようとしているところだね。

「落葉松《からまつ》」

一、

からまつの林《はやし》を過《す》ぎて、
からまつをしみじみと見《み》き。
からまつはさびしかりけり。
たびゆくはさびしかりけり。

二、からまつの林《はやし》を出《い》でて、
からまつの林《はやし》に入《い》りぬ。
からまつの林《はやし》に入《い》りて、
また細《ほそ》く道《みち》はつづけり。

北原白秋《きたはらはくしゅう》

１８８５（明治18）年1月25日、福岡県柳川《ふくおかけんやながわ》生まれ。幼《おさな》い時から外国文化《がいこくぶんか》に接《せっ》し、異《い》国情緒《こくじょうちょ》あふれる色鮮《いろあざ》やかな作品を作った。美しさ至上主義《しじょうしゅぎ》＝耽美派《たんびは》。幅広《はばひろ》いジャンルで活躍《かつやく》し、詩の他にも、童謡《どうよう》・民謡《みんよう》・小《こ》唄《うた》などを作った。それにつれて詩風《しふう》も耽美的なものから、自然の美しさを歌う素朴《そぼく》なものへと変わっていった。詩集《ししゅう》『邪宗門《じゃしゅうもん》』『思《おも》ひ《い》出《で》』。１９４２年没《ぼつ》。

「さびしかりけり」「道《みち》はつづけり」のような文語調《ぶんごちょう》がいい。文語調というのは堅苦《かたくる》しい感じがするけど、実は渋《しぶ》くてカッコイイものである。この歌は8番《ばん》まであって、水墨画《すいぼくが》を描《か》いていくような淡々《たんたん》とした描写《びょうしゃ》が続く。白秋自身《はくしゅうじしん》は「この詩は、ささやくように読むものだ」と注釈《ちゅうしゃく》している。松の葉のかすかな響《ひび》きを味《あじ》わってみたい。

与謝野晶子《よさのあきこ》は世の中の流れが「戦争《せんそう》しちゃおう」という方《ほう》に向いている時に、一人で反戦《はんせん》を訴《うった》えた。大好きな弟が日露《にちろ》戦争に兵隊《へいたい》として行ってしまい、中国の旅順《りょじゅん》の激戦地《げきせんち》で戦《たたか》っていると聞き、「あぁ、死なないでおくれ!」と願《ねが》う強い意志《いし》の歌がこれだ。発表《はっぴょう》当時は、反戦感情《かんじょう》をあおるという批判《ひはん》にあったが、「私はまことの心をまことの声に出《い》だし候《そうろう》とよりほかに、歌のよみかた心えず候《そうろう》」(ホントの気持ちをそのまま声に出すやり方以外《いがい》に、歌の詠《よ》み方がわかりません)とキッパリと反論《はんろん》した。この詩は、明治《めいじ》・大正《たいしょう》・昭和《しょうわ》の反戦思想《しそう》の核《かく》となり、多くの人々に読み継《つ》がれた晶子の代表作《だいひょうさく》だが、もともとは思想先行《せんこう》ではなく、彼女の皮膚感覚《ひふかんかく》から生まれた叫《さけ》びだった。だからこそ、歳月《さいげつ》を経《へ》ても薄《うす》れない血肉《けつにく》が備《そな》わった迫力《はくりょく》がある。ちなみに、弟・籌三郎《ちゅうざぶろう》は戦後無事帰還《せんごぶじきかん》し、晶子と再会《さいかい》を果《は》たした。

「君《きみ》死《し》にたま《も》ふ《う》こと勿《なか》れ」

旅順口包囲軍《りょじゅんこうほういぐん》の中《なか》に在《あ》る弟《おとうと》を歎《なげ》きて

ああを《お》とうとよ君《きみ》を泣《な》く
君《きみ》死《し》にたま《も》ふ《う》ことなかれ
末《すえ》に生《うま》れし君《きみ》なれば
親《おや》のなさけはまさりしも
親《おや》は刃《やいば》をにぎらせて
人《ひと》を殺《ころ》せとを《お》しへ《え》しや
人《ひと》を殺《ころ》して死《し》ねよとて
二《に》十《じゅう》四《し》までをそだてしや

与謝野晶子《よさのあきこ》

１８７８（明治11）年12月7日、大阪府堺《おおさかふさかい》生まれ。いて座。歌人《かじん》。情熱的《じょうねつてき》な文学《ぶんがく》少女が与謝野鉄幹《よさのてっかん》との愛（後に結婚）で一気《いっき》に才能《さいのう》開花《かいか》。代表作《だいひょうさく》の歌集《かしゅう》『みだれ髪《がみ》』は古い因習《いんしゅう》を破《やぶ》る愛と性《せい》の衝撃作《しょうげきさく》だった。『源氏物語《げんじものがたり》』の現代語訳《げんだいごやく》、戯曲《ぎきょく》、小説を書き、一方で、婦人問題《ふじんもんだい》、教育《きょういく》問題に関《かか》わりながら11人の子どもを育てたパワフルママ。文化《ぶんか》学院《がくいん》の創設《そうせつ》にも参画《さんかく》した。１９４２年没《ぼっ》。享年《きょうねん》63。

「初恋《はつこい》」

まだあげ初《そ》めし前髪《まえがみ》の
林檎《りんご》のもとに見《み》えしとき
前《まえ》にさしたる花櫛《はなぐし》の
花《はな》ある君《きみ》と思《おも》ひ《い》けり

島崎藤村《しまざきとうそん》
1872（明治5）年3月

やさしく白《しろ》き手《て》をのべて
林檎《りんご》をわれにあたへ《え》しは
薄紅《うすくれない》の秋《あき》の実《み》に
人《ひと》こひ《い》初《そ》めしはじめなり

25日、長野県《ながのけん》生まれ。おひつじ座。詩人、小説家。「新《あたら》しき詩歌《しいか》の時《とき》は来《きた》りぬ」と高《たか》らかに宣言《せんげん》した日本近《きん》代詩《だいし》の母。形式《けいしき》や制約《せいやく》に囚《とら》われず平易《へいい》な言葉で人々の感情や情緒《じょうちょ》を潤《うるお》した。今日《こんにち》の青春《せいしゅん》というイメージを作り上げた。文芸評《ぶんげいひょう》論家《ろんか》の吉田精一《よしだせいいち》は「（藤村《とうそん》は）近代日本の自覚期《じかくき》ともいう歴史的《れきしてき》青春と、詩人および人間としての人生《じんせい》の青春と、詩の文芸ジャンルとしての若《わか》さがうち合《あ》って、ここに比類《ひるい》ない詩業《しぎょう》をうんだのである」と記《しる》している。のちに小説家に転《てん》向《こう》し、『破戒《はかい》』『夜明《よあ》け前《まえ》』など人間のありのままを書く自然主義《しぜんしゅぎ》作家として活躍《かつやく》した。1943年没《ぼつ》。

リンゴ畑で出会ったかわいい子がリンゴをくれた。それが恋の始まりだ！ なーんて話。大人《おとな》にしてみれば、それは〝恋に恋しちゃっている状態《じょうたい》〟といいます。人が好きなんじゃなくて恋そのものが好きなの。藤村は青春の感覚《かんかく》を宿《やど》した詩をたくさん書きました。

「宵待草《よいまちぐさ》」

まてどくらせど
こぬひとを

宵《よい》待《まち》草《ぐさ》の
やるせなさ
こよひ《い》は月《つき》も
でぬさ《そ》うな。

竹久夢二《たけひさゆめじ》

１８８４（明治17）年9月16日、岡山県《おかやまけん》生まれ。おとめ座。彼が描《えが》くほっそり顔《がお》に大《おお》きな瞳《ひとみ》、なで肩《がた》の美人画は「夢二式美人《ゆめじしきびじん》」といわれ、当時の青年男女《せいねんだんじょ》を熱病《ねつびょう》のように魅了《みりょう》した。夢二は画家《がか》で、詩人、イラストレーターで、雑誌編集長《ざっしへんしゅうちょう》で、ファッションデザイナーで、グラビアモデルであるという何拍子《なんびょうし》もそろったスーパースター。大正《たいしょう》ロマン、抒情画《じょじょうが》の夢二だが、関東大震災《かんとうだいしんさい》についてのイラストルポや社会《しゃかい》について考える童話《どうわ》などもある。１９３４年没《ぼっ》。享年《きょうねん》49。

待《ま》ち遠《どお》しいという気持ちがあって、あなたが目の前にやってくれば、バーンとぶつけることができる。「待っていたよ、会いたかったよ」と言えるのに、それをやる場《ば》がないことを「やるせない」といいます。宵待草《よいまちぐさ》という花の名前に「待《ま》つ」という言葉を掛《か》けてあるんです。宵待草はオオマツヨイグサ、マツヨイグサ、月見草《つきみそう》などのこと。

「旅上《りょじょう》」

ふらんすへ行《ゆ》きたしと思《おも》へども
ふらんすはあまりに遠《とお》し
せめては新《あたら》しき背広《せびろ》をきて
きままなる旅《たび》にいでてみん。

汽車《きしゃ》が山道《やまみち》をゆくとき
みづ《ず》いろの窓《まど》によりかかりて
われひとり
うれしきことをおもはむ《わん》
五月《ごがつ》の朝《あさ》のしののめ
うら若草《わかくさ》のもえいづ《ず》る
心《こころ》まかせに。

萩原朔太郎《はぎわらさくたろう》

1886（明治19）年11月1日、群馬県前橋《ぐんまけんまえばし》生まれ。さそり座。詩人。鋭《するど》い感受性《かんじゅせい》で誰《だれ》もがうまく言葉にできない部分をあらわに表現《ひょうげん》した詩人。しゃべり言葉で詩を書いた功績《こうせき》も大きい。途中《とちゅう》マンドリンに夢中《むちゅう》になり、詩のリズムに影響《えいきょう》を及《およ》ぼした。詩集《ししゅう》『月《つき》に吠《ほ》える』『青猫《あおねこ》』。1942年没《ぼっ》。

なにかができない時に、代《か》わりに別《べつ》のことで気分転換《きぶんてんかん》をする。これは知恵《ちえ》として持ってた方がいいね。パリ留学《りゅうがく》が叶《かな》わなかった萩原朔太郎《はぎわらさくたろう》は背広《せびろ》を買って、国内《こくない》旅行に出ました。この引きずらない切《き》り替《か》え上手《じょうず》な感覚《かんかく》を味《あじ》わってみよう。

雲を見ていると呼びかけたくなるよね。やったことあるかな？　呼びかけるこっちものんびりした気分《きぶん》になります。今度《こんど》、雲を見上げて、「ばかにのん気そうじゃないか！」と言ってみよう。

「雲《くも》」

おうい雲《くも》よ
ゆうゆうと

馬鹿《ばか》に
のんき
さ《そ》うぢ《じ》や
ないか
どこまで
ゆくんだ
ずつと
磐城平《いわきたいら》の
方《ほう》まで
ゆくんか

山村暮鳥《やまむらぼちょう》

1884(明治17)年1月10日、群馬県《ぐんまけん》生まれ。やぎ座。詩人。キリスト教《きょう》の伝道師《でんどうし》をやりながら詩を書く。力《りき》みのない詩風《しふう》が特徴《とくちょう》で、「いちめんのなのはな いちめんのなのはな」と、同じフレーズが何度もくりかえされる『風景《ふうけい》』という詩も、多くの人々に愛されている。萩原朔太郎《はぎわらさくたろう》や室生犀星《むろうさいせい》と「人魚詩社《にんぎょししゃ》」というサークルを作った。1924年没《ぼつ》。

「死《し》にたま《も》ふ《う》母《はは》」

故郷《こきょう》のお母さんが死にそうだ。その前に一目《ひとめ》会いたい！と急《いそ》ぐ斎藤茂吉《さいとうもきち》。「一目見ん一目みんとぞ」とくりかえしになっている部分《ぶぶん》で、思いの強さを表《あらわ》しているんだね。絶唱《ぜっしょう》。この後、死んだ瞬間《しゅんかん》の場面《ばめん》、お葬式《そうしき》の場面と、斎藤茂吉は連続《れんぞく》ドラマのように歌（連作《れんさく》59首《しゅ》）を作りました。目をそらすことなく、母の臨終《りんじゅう》の瞬間《とき》を見つめた歌は「我《わ》が母《はは》よ死《し》にたまひゆく我《わ》が母《はは》よ我《わ》を生《う》まし乳足《ちた》らひ《い》し母《はは》よ」というものだった。

みちのくの母《はは》の
いのちを一目《ひとめ》見《み》ん
一目《ひとめ》みんとぞ
ただにいそげる

斎藤茂吉《さいとうもきち》

1882（明治15）年5月14日、山形県《やまがたけん》生まれ。おうし座《ざ》。歌人《かじん》、詩人。東北人《とうほくじん》らしい生命力《せいめいりょく》に富《と》み、炸裂《さくれつ》する感情《かんじょう》を歌に吹き込《こ》んだ。だから、彼の歌を読むと生命エネルギーの火《ひ》が飛《と》び移《うつ》ってくるような感覚《かんかく》になる。歌集《かしゅう》『赤光《しゃっこう》』。『どくとるマンボウ』シリーズを書いた作家・北杜夫《きたもりお》のお父さん。精神科医《せいしんかい》でもあった。1953年没《ぼつ》。

雪国のシーンとした感じを味《あじ》わおう。雪に静かに守《まも》られた家で、静かに子どもが眠《ねむ》っている幸せな情景《じょうけい》。これ、次郎《じろう》までしかないけれど、三郎《さぶろう》、四郎《しろう》、五郎《ごろう》、とどんどん増《ふ》やしていってもおもしろいよ。輪唱《りんしょう》しても楽しい。

「雪《ゆき》」

太郎《たろう》を眠《ねむ》らせ、
太郎《たろう》の屋根《やね》に
雪《ゆき》ふりつむ。
次郎《じろう》を眠《ねむ》らせ、
次郎《じろう》の屋根《やね》に
雪《ゆき》ふりつむ。

三好達治《みよしたつじ》

1900（明治33）年8月23日、大阪《おおさか》生まれ。おとめ座。詩人。萩原朔太郎《はぎわらさくたろう》を唯《ゆい》一《いっ》の師《し》とあおぎ、格調高《かくちょうたか》く自分の感情を表現《ひょうげん》した（＝叙情《じょじょう》）詩人。また批判《ひはん》精神《せいしん》や風刺《ふうし》を盛《も》り込《こ》んだ詩も書いた。詩集《ししゅう》『測量船《そくりょうせん》』がある。「蟻《あり》が／蝶《ちょう》の羽《はね》をひいて行《ゆ》く／ああ／ヨットのやう《よ》だ」と、たったこれだけの『土《つち》』という作品も暗誦《あんしょう》してほしい。1964年没《ぼっ》。

右。〃さよならだけが人生だ！〃。この名言《めいげん》、出どころはここだったんですねー。もともとは中国の于武陵《うぶりょう》が書いた。それをユーモラスに訳《やく》した井伏鱒二《いぶせますじ》。左は実は人間が言っているんじゃないんです。山椒魚《さんしょううお》が言っているってところがすごい発想力《はっそうりょく》。「失策《しっさく》」とは「失敗《しっぱい》」のこと。穴《あな》にはまって出られなくなってしまった場面《ばめん》だ。鱒二は釣《つ》りが好きだったから、こんなおもしろいことを思いついたのかもしれないね。

「勧酒《かんしゅ》」

コノサカヅ《ず》キヲ受《う》ケテクレ
ドウゾナミナミツガシテオクレ
ハナニアラシノタトヘ《え》モアルゾ
「サヨナラ」ダケガ人生《じんせい》ダ

「山椒魚《さんしょううお》」

「何《なん》たる失策《しっさく》であることか！」

井伏鱒二《いぶせますじ》

1898（明治31）年2月15日、広島県《ひろしまけん》生まれ。みずがめ座。小説家。もともとは画家《がか》になりたかった男で、ユーモアたっぷりの個《こ》性的《せいてき》な作品を書いた。太《だ》宰治《ざいおさむ》の小説の先生。将棋《しょうぎ》や釣りなど、趣味人《しゅみじん》としてのひょうひょうとした生き方も人気だった。原爆《げんばく》の悲劇《ひげき》を書いた『黒《くろ》い雨《あめ》』や、『ドリトル先生シリーズ』の翻訳《ほんやく》でも知られる。1993年没《ぼっ》。享年《きょうねん》95。

なにか失敗《しっぱい》しちゃうと「僕のせいじゃないもーん」なんて言訳《いいわけ》したくなっちゃうでしょう。そんなふうにしないで、グッとこらえて反省《はんせい》する。この詩のように草の上に腰《こし》を下《お》ろして深く自分を見つめ直《なお》すのはいいことですね。八木重吉《やぎじゅうきち》はキリスト教徒《きょうと》で祈《いの》る人なんです。だからこんな詩が生まれた。

「草《くさ》にすわる」

わたしのまちがいだった
わたしの
まちがいだった
こうして
草《くさ》にすわれば
それがわかる

八木重吉《やぎじゅうきち》

1898（明治31）年2月9日、現在の東京都《とうきょうと》町田《まちだ》市《し》生まれ。みずがめ座。詩とキリスト教信仰《きょうしんこう》の合一《ごういつ》を目指《めざ》した祈りの詩人。「この豚《ぶた》だつて／かあいいよ／こんな春だもの／いいけしきをすつて／むちゆうであるいてきたんだもの」『豚《ぶた》』と題《だい》するこんな詩もある。愛らしいでしょ。1927年没《ぼっ》。享年《きょうねん》29。

「海《うみ》べの戀《こい》」

こぼれ松葉《まつば》をかきあつめ
をとめのごとき君《きみ》なりき、
こぼれ松葉《まつば》に火《ひ》をはなち
わらべのごときわれなりき。

わらべとをとめよりそひぬ
ただたまゆらの火《ひ》をかこみ、

うれしくふたり手《て》をとりぬ
かひ《い》なきことをただ夢《ゆめ》み。
入日《いりひ》のなかに立《た》つけぶり
ありやなしやとただほのか、
海《うみ》べの戀《こい》のはかなさは
こぼれ松葉《まつば》の火《ひ》なりけむ《ん》。

佐藤春夫《さとうはるお》

1892（明治25）年4月9日、和歌山県《わかやまけん》生まれ。おひつじ座。小説家、詩人。代表作《だいひょうさく》に小説『田園《でんえん》の憂鬱《ゆううつ》』『都会《とかい》の憂鬱』など。谷崎潤一郎《たにざきじゅんいちろう》の夫人《ふじん》、千代子《ちよこ》と道《みち》ならぬ恋に落ち、その苦しみや喜びを多くの作品に描《えが》いた。『海《うみ》べの戀《こい》』もその一つ。「さんま、さんま、さんま苦《にが》いか塩《しょ》っぱいか」のフレーズも、忘《わす》れがたい。1964年没《ねんぼつ》。

子ども同士《どうし》が浜辺《はまべ》で遊んでいる情景《じょうけい》じゃなくて、これ大人同士なんです。恋しちゃあいけない大人同士が恋をするという情景。海へ行くとなんか子どもに戻《もど》れちゃうんだよね。女の人はなぜか松葉《まつば》なんかを集めたくなるし、男の人は火を焚《た》きたくなる。海を見ていると幼《おさな》い頃《ころ》に戻れるよね。燃えているのは男と女の恋心《こいごころ》。

海は青い。空も青い。その間に飛ぶ鳥（カモメ）は白い。情景《じょうけい》が目に浮《う》かびますね。美しい写真を見るようだ。青さに染《そ》まらない白い鳥の姿《すがた》から勇気《ゆうき》をもらっている作者の気持ちを感じよう。これ、幼稚園児《ようちえんじ》ががんがん暗誦《あんしょう》しています。キミはもう覚《おぼ》えたよね？

白鳥《しらとり》は哀《かな》しからずや
空《そら》の青《あお》海《うみ》のあを《お》にも

染《そ》まずただよふ《う》

若山牧水《わかやまぼくすい》

1885（明治18）年8月24日、宮崎県《みやざきけん》生まれ。おとめ座。歌人《かじん》。旅の牧水《ぼくすい》、酒《さけ》の牧水といわれ、旅と酒の歌が広く愛誦《あいしょう》されているが、20代《だい》に経験《けいけん》した人妻《ひとづま》との苦悩《くのう》にみちた恋愛《れんあい》から生まれた、青春哀歌《せいしゅんあいか》も胸《むね》に迫《せま》る。牧水の歌はいずれも悲しく寂《さび》しい調《しら》べに満《み》ちている。芭蕉《ばしょう》、啄木《たくぼく》と並《なら》んで石碑《せきひ》の多い作家。「幾山《いくやま》河越《かわこ》えさり行《ゆ》かば寂《さび》しさの終《は》てなむ国《くに》ぞ今日《きょう》も旅《たび》ゆく」という歌も有名だ。1928年没《ぼつ》。享年《きょうねん》43。

ぎゅう
ぎゅう
ぎゅう
ぎゅう
ぎゅう

雪沓《ゆきぐつ》の
ぎゅうぎゅうとなる
山路《やまじ》かな

わらでできた長靴《ながぐつ》で雪山《ゆきやま》を登《のぼ》っていくところの様子《ようす》。ひと足ひと足、すべらないように足を踏《ふ》みしめながら歩く。だから「ぎゅうぎゅうとなる」わけだ。雪を踏んだらどんな音がするか、今度《こんど》、雪が降《ふ》ったら必《かなら》ず試《ため》してみよう！　ちなみに擬声語《ぎせいご》の天才宮沢賢治《みやざわけんじ》は『雪渡《ゆきわた》り』という作品で、子どもが雪の上で足踏《あしぶ》みする音を「キックキックトントン」と表《あらわ》しています。

上野嘉太櫨《うえのかたろう》

1896（明治29）年11月7日、福岡県《ふくおかけん》生まれ。さそり座。俳人《はいじん》。木蠟製造《もくろうせいぞう》や質商《しちしょう》をやっていた20代半《だいなか》ばから俳句を始め、晩年《ばんねん》、高《たか》浜虚子《はまきょし》の推薦《すいせん》で『ホトトギス』同人《どうじん》となる。1970年没《ぼっ》。

かたりことり

かたりことり

かたり
ことり

牛《うし》のゆく
白川《しらかわ》道《みち》の水車《みずぐるま》
かたりことりと
暇《いとま》あるかな

「かたりことり」と水車《すいしゃ》の音がしている。のんびりしている。これを作った金子《かねこ》薫園という人は、バリバリの江戸《えど》っ子《こ》＝都会人《とかいじん》。だからこんな田舎《いなか》の風景《ふうけい》がおもしろかったのかもしれない。都会の子どもは田舎に行ってみよう。田舎の子どもは都会へ行ってみよう。そうすると刺《し》激《げき》になって、おもしろい言葉が浮《う》かんでくる。

金子薫園《かねこくんえん》

１８７６（明治９）年11月30日、東京神田《とうきょうかんだ》生まれ。いて座。歌人《かじん》。自然の風景《ふうけい》をやさしく素朴《そぼく》に詠《うた》うのが、薫園《くんえん》の持《も》ち味《あじ》。恋愛至上《れんあいしじょう》主義《しゅぎ》・浪漫《ろうまん》の明星《みょうじょう》派《は》に対《たい》抗《こう》する叙景詩運動《じょけいしうんどう》をリードして、短歌界《たんかかい》に新風《しんぷう》をまき起《お》こす。１９５１年没《ぼっ》。

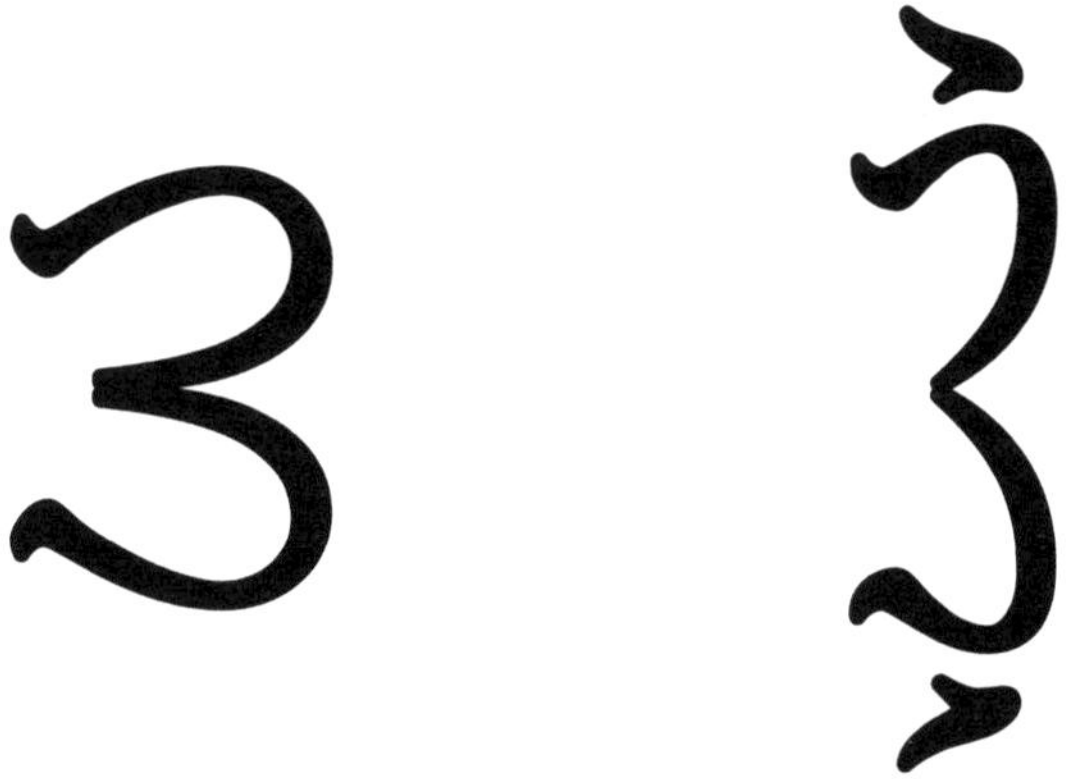

水《みず》鳥《とり》や
むか《こ》ふ《う》の岸《きし》へ
つういつうい

水面《すいめん》をすべるように進んでいる水鳥《みずとり》も、水の中では足をバタバタさせてがんばっている。この句は「つういつうい」ってのがいい。ちょっとのん気ですました感じがするでしょ。僕は、なんだか水鳥が「別《べつ》にぃ。たいへんじゃないよぉ～」と強がっている感じがしておもしろい。

広瀬惟然《ひろせいぜん》

生年不詳《せいねんふしょう》。現在の岐阜県《ぎふけん》出身。江戸《えど》前期の風狂《ふうきょう》の俳人《はいじん》。松尾芭蕉門下《まつおばしょうもんか》。最後《さいご》の旅に随行《ずいこう》し、彼の病床《びょうしょう》にも居《い》た。芭蕉の死後《しご》は、諸国《しょこく》を放浪《ほうろう》して、軽妙《けいみょう》なおもしろさの句を詠《よ》んだ。「きりぎりすさあとらまへ《え》たはやとんだ」など極端《きょくたん》な口語調《こうごちょう》の句風《くふう》で小林一茶《こばやしいっさ》の先駆者《せんくしゃ》といわれる。また、季語《きご》のない句も試《こころ》みた。1711年没《ぼつ》。

石松《いしまつ》は江戸末期《えどまっき》の静岡県《しずおかけん》の清水地方《しみずちほう》をまとめた有名な大親分《おおおやぶん》、清水の次郎長《じろちょう》の子分《こぶん》なんだ。無鉄砲《むてっぽう》でヤンチャ坊主《ぼうず》で、単純《たんじゅん》でいいヤツなんだけどバカ正直《しょうじき》。この場面《ばめん》は、船に乗り合わせた客《きゃく》が次郎長を知っているというので、「子分のオレも知られているかなぁ?」「なんとかオレをほめてくれないかなぁ?」と、お寿司《すし》をおごっているところ。でも石松の名前はなかなか出てこないからおかしい。実はガッツ石松の名前もここから来たんだよ。

「森《もり》の石松《いしまつ》　三十石道中《さんじっこくどうちゅう》」

石松《いしまつ》「飲《の》みねえ飲《の》みねえ飲《の》みねえ、
寿司《すし》を喰《く》いねえ寿司《すし》を……、
もっとこっちい寄《よ》んねえ、
お江戸《えど》ッ子《こ》だってね」

乗客《じょうきゃく》「神田《かんだ》の生《う》まれよ」

石松《いしまつ》「そうだってねえ、
そんなに何《なに》か 次郎長《じろちょう》にゃ
いい子分《こぶん》がいるかい」

二代《にだい》・広沢虎造《ひろさわとらぞう》

１８９９（明治32）年５月18日、東京《とうきょう》生まれの浪曲師《ろうきょくし》。おうし座。虎造節《とらぞうぶし》と呼ばれる名調子《めいちょうし》をたくさん作り出した。「ばかは死ななきゃなおらない」の当《あ》て節《ぶし》も忘《わす》れがたい。本名《ほんみょう》は山《やま》田《だ》信一《しんいち》。意外《いがい》と普通《ふつう》なのもまたいい。代表作《だいひょうさく》に『清水《しみず》次郎長伝《じろちょうでん》』。１９６４年没《ぼつ》。

浪曲とは浪花節《なにわぶし》ともいう。江戸末期に大坂《おおさか》（現在《げんざい》の大阪《おおさか》）で生まれた、物語を三味線《しゃみせん》の伴奏《ばんそう》で歌うように語《かた》る話芸《わげい》のこと。義理人情《ぎりにんじょう》をテーマにしたものが多い。

「国定忠治《くにさだちゅうじ》　赤城山《あかぎやま》」

忠治《ちゅうじ》「赤城《あかぎ》の山《やま》も今夜《こよい》を限《かぎ》り、生《うま》れ故郷《こきょう》の国定《くにさだ》の村《むら》や、縄張《なわば》りを捨《す》て国《くに》を捨《す》て、可愛《かわい》い乾分《こぶん》の手前《てめえ》たちとも別《わか》れ別《わか》れになる首途《かどで》だ」

行友李風《ゆきともりふう》

１８７９（明治12）年3月2日、広島県尾道《ひろしまけんおのみち》生まれ。うお座。大衆戯曲《たいしゅうぎきょく》作家、小説家。もとは「大阪新報《おおさかしんぽう》」の新聞記者《しんぶんきしゃ》でちょっとした事件《じけん》を物語《ものがたり》化《か》する敏腕《びんわん》。やがて松竹《しょうちく》に入社《にゅうしゃ》し、新国劇《しんこくげき》という劇団《げきだん》のために『月形半平太《つきがたはんぺいた》』などの勧善懲悪《かんぜんちょうあく》ストーリーを作った。１９５９年没《ぼっ》。

国定忠治《くにさだちゅうじ》は江戸《えど》時代に関所破《せきしょやぶ》りをくりかえした大悪党《だいあくとう》だった。だけど子分《こぶん》からの信頼《しんらい》は厚《あつ》かった。これは、役人《やくにん》に追われて、縄張《なわば》りを捨《す》てることになり、「みんながはなればなれになっちゃう！」というピンチに、忠治親分《おやぶん》が語る名ゼリフ。昔《むかし》は、このセリフが、飲《の》み会《かい》の素人芸《しろうとげい》や一《いっ》発芸《ばつげい》として我先《われさき》にと演《えん》じられました。ものさしを刀《かたな》代《が》わりにしてポーズをとって、声色《こわいろ》をまねてやったもんだ。

「東《とう》海《かい》道《どう》中《ちゅう》膝《ひざ》栗《くり》毛《げ》」

ヱ《え》ヱ《え》ままよ。たびのはぢ《じ》はかきすてだ。

十返舎一九《じっぺんしゃいっく》

１７６５年、現在の静岡《しずおか》県《けん》生まれ。江戸《えど》で、洒落本《しゃれぼん》、黄表紙《きびょうし》を作った後に名作『東海道中膝栗毛《とうかいどうちゅうひざくりげ》』を執筆《しっぴつ》。20年に渡《わた》って、下《しも》ネタギャグが大好きなパワフルな男たちを書き続けた。これは庶民《しょみん》の間《あいだ》で大ヒットし、ドタバタ喜劇《きげき》小説の祖《そ》となった。弥次《やじ》さん喜多《きた》さんは、ボケとツッコミ、凸凹《でこぼこ》コンビ。漫才《まんざい》の2人の原型《げんけい》でもある。１８３１年没《ぼつ》。

弥次さん喜多さんの珍道中《ちんどうちゅう》を描《えが》いた旅物語。ギャグ満載《まんさい》でおもしろい。「手ぬぐいをかぶるといい男に見えるねぇ」なんてやってたら、げらげら笑われた。なんで？ 手ぬぐいと間違《まちが》えてふんどしを頭に巻《ま》いていたのだ！ そこで開《ひら》き直《なお》って言ったセリフがこれです。わははは。

お正月の1月7日に食べる七草《ななくさ》がゆに入れる野草《やそう》が「春《はる》の七草《ななくさ》」。えー、食べたことない？ お家《うち》の人に頼《たの》んで作ってもらいな！ これを食べるとその一年が胃腸《いちょう》が丈夫《じょうぶ》でいられるという。今の名前にすると「セリ、ナズナ、ハハコグサ、ハコベ、タビラコ、カブ、ダイコン」となる。五七五七七《ごしちごしちしち》のリズムで覚《おぼ》えよう。

「春《はる》の七草《ななくさ》」

せり
なずな
ごぎょう

はこべら
ほとけのざ
すずな
すずしろ
これぞ七草《ななくさ》

ぴよこ

ぴよこ

ぴよこ

ぴよこ

ぴよー

「早口言葉《はやくちことば》」はおもしろいぞ。口の中がこんがらがるぞ。どれだけ速《はや》く言えるかな？ 誰《だれ》よりも速く言えた人は将来《しょうらい》アナウンサーになれるかもしれない。まず最初《さいしょ》は、蛙《かえる》の早口言葉だ。ぴょこぴょこ、うまく言えるかな？

蛙

蛙《かえる》ぴょこぴょこ
三《み》ぴょこぴょこ
合《あわ》せて
ぴょこぴょこ
六《む》ぴょこぴょこ

早口言葉《はやくちことば》

他《ほか》の早口言葉は、「バスガス爆発《ばくはつ》　バスガス爆発《ばくはつ》　バスガス爆発《ばくはつ》」「高速増殖炉《こうそくぞうしょくろ》もんじゅ」「東京《とうきょう》特許許可局許可局長《とっきょきょかきょくきょかきょくちょう》　今日《きょう》急遽《きゅうきょ》許可《きょか》却下《きゃっか》」「スモモも桃《もも》も桃《もも》のうち」「魔術師《まじゅつし》美術室《びじゅつしつ》で手術中《しゅじゅつちゅう》」など、いろいろあります。

赤巻紙《あかまきがみ》青巻紙《あおまきがみ》黄巻紙《きまきがみ》

生麦《なまむぎ》生米《なまごめ》生卵《なまたまご》

隣《となり》の客《きゃく》はよく柿《かき》食《く》う客《きゃく》だ

坊主《ぼうず》が屏風《びょうぶ》に
上手《じょうず》に坊主《ぼうず》の絵《え》をかいた

京《きょう》の生《なま》鱈《だら》奈《な》良《ら》生《なま》まな鰹《がつお》

早口言葉《はやくちことば》

「うゐらう《いろう》売り」

武具《ぶぐ》・馬具《ばぐ》・
ぶぐ・ばぐ・
三《み》ぶぐばぐ、
合《あ》わせて武具《ぶぐ》・馬具《ばぐ》・
六《む》ぶぐばぐ。

菊《きく》・栗《くり》・
きく・くり・
三《み》きくくり、
合《あ》わせて菊《きく》・栗《くり》・
六《む》きくくり。

麦《むぎ》・ごみ・むぎ・ごみ・三《み》むぎごみ、合《あ》わせて麦《むぎ》・ごみ・六《む》むぎごみ。

うゐら《いろ》う売《う》り

江戸《えど》時代の歌舞伎役者《かぶきやくしゃ》、二代目市川団十郎《にだいめいちかわだんじゅうろう》の得意《とくい》演目《えんもく》。ういろうとは舌《した》がよく回《まわ》る薬《くすり》のこと。その効《き》き目を証明《しょうめい》するために路上実演販売《ろじょうじつえんはんばい》をする様子《ようす》を歌舞伎の一場面《いちばめん》にしたのが、この『うゐら《いろ》う売《う》り』。

舌がペラペラ回ってつっかえずにしゃべることを〝滑舌《かつぜつ》がいい〟という。だからしゃべりを商売《しょうばい》にするアナウンサーや舞台役者《ぶたいやくしゃ》は、訓練《くんれん》のために必《かなら》ず「うゐら《いろ》う売《う》り」を暗誦《あんしょう》するんだ。つまりしゃべくり芸《げい》のスタンダードってわけ。今回はその一部分《ぶぶん》をご紹介《しょうかい》。

「うゐ《い》ら《ろ》う売《う》り」

がらぴい、
がらぴい、風車《かざぐるま》。

おきゃがれこぼし、
おきゃがれ小法師《こぼし》、

ゆんべもこぼして、
又《また》こぼした。

たあぷぽぽ、
たあぷぽぽ、
ちりから、
ちりから、
つったっぽ。

早口言葉のいいところは、頭の回転数《かいてんすう》を上げないと読めないところだ。だから頭が良くなる（という噂《うわさ》がある）。また呼吸法《こきゅうほう》の訓練《くんれん》にもなる。一息《ひといき》で言い切るには、長く息を吐《は》き続けなくちゃならないから、腹筋《ふっきん》でグッと保《たも》つ練習《れんしゅう》になりますね。

一番《いちばん》は故郷《こきょう》の情景《じょうけい》。二番《にばん》は故郷の父母《ふぼ》や友だちを思いやる気持ち。三番《さんばん》は志《こころざし》を達成《たっせい》して景色《けしき》のきれいな故郷にいつか帰ろうという気持ち、を歌っています。「う～さ～ぎ～お～いし」って聞いて、「うさぎって食べるとおいしいのか？」とずっと思ってた人もいる。この歌、「私の好きな唱歌《しょうか》」というアンケートで常《つね》に人気第1位。歌うと目がうるむオジサン、オバサンがいっぱいいます。『赤《あか》とんぼ』と並《なら》んで、日本人の〝二大心の歌〟。

「故郷《ふるさと》」

一、兎《うさぎ》追《お》いしかの山《やま》
小鮒《こぶな》釣《つ》りしかの川《かわ》
夢《ゆめ》は今《いま》もめぐりて
忘《わす》れがたき故郷《ふるさと》

二、
如何《いか》にいます父母《ちちはは》
恙《つつが》なしや友《とも》がき
雨《あめ》に風《かぜ》につけても
思《おも》いいずる故郷《ふるさと》

三、
こころざしをはたして
いつの日《ひ》にか帰《かえ》らん
山《やま》はあおき故郷《ふるさと》
水《みず》は清《きよ》き故郷《ふるさと》

高野辰之《たかのたつゆき》（作詞《さくし》）

1876（明治9）年4月13日、長野県《ながのけん》生まれ。おひつじ座。作詞家《さくしか》、歌謡史《かようし》・演劇史研究家《えんげきしけんきゅうか》。ウサギを追《お》ったのは大平山《おおひらやま》、コブナを釣《つ》ったのは斑川《まだらがわ》である。高野《たかの》・岡野《おかの》コンビの歌は他に『春《はる》が来《き》た』『春《はる》の小川《おがわ》』『朧月夜《おぼろづきよ》』『紅葉《もみじ》』など。1947年没《ぼっ》。

岡野貞一《おかのていいち》（作曲《さっきょく》）

1878（明治11）年、2月16日、鳥取《とっとり》県生まれ。みずがめ座。作曲家《さっきょくか》。東京音《とうきょうおん》楽学校《がくがっこう》の教授《きょうじゅ》として音楽教育《きょういく》の発展《はってん》につくした。有名《ゆうめい》な『桃太郎《ももたろう》』もこの人の作曲。1941年没《ねんぼっ》。

「荒城《こうじょう》の月《つき》」

一、春高楼《はるこうろう》の花《はな》の宴《えん》
めぐる盃《さかずき》かげさして
千代《ちよ》の松《まつ》が枝《え》わけいでし
むかしの光《ひかり》いまいずこ

二、秋《あき》陣営《じんえい》の霜《しも》の色《いろ》
鳴《な》きゆく雁《かり》の数《かず》見《み》せて
植《う》うるつるぎに照《て》りそいし
むかしの光《ひかり》いまいずこ

滝廉太郎《たきれんたろう》（作曲《さっきょく》）

1879（明治12）年8月24日、東京《とうきょう》生まれ。おとめ座。西洋音楽《せいようおんがく》の手法《しゅほう》による作曲家《さっきょくか》としては日本で最初《さいしょ》の偉大《いだい》な人。司馬遼《しばりょう》太郎《たろう》によると、作詞《さくし》の土《ど》井晩翠《いばんすい》が会津若松《あいづわかまつ》（福島県《ふくしまけん》）の鶴ヶ城《つるがじょう》をイメージして『荒城《こうじょう》の月《つき》』を書いた。廉《れん》太郎《たろう》は、少年時代を過《す》ごした、豊後竹田《ぶんごたけた》（大分県《おおいたけん》）の岡城跡《おかじょうあと》をイメージして曲《きょく》をつけた。明治4年の

三、いま荒城《こうじょう》のよわの月《つき》
替《かわ》らぬ光《ひかり》たがためぞ
垣《かき》に残《のこ》るはただかづ《ず》ら
松《まつ》に歌《うた》うはただあらし

四、天上影《てんじょうかげ》は替《かわ》らねど
栄枯《えいこ》は移《うつ》る世《よ》の姿《すがた》
写《うつ》さんとてか今《いま》もなお
嗚呼《ああ》荒城《こうじょう》のよわの月《つき》

廃藩置県《はいはんちけん》で武士《ぶし》の時代が終わり、多くの城がつぶされたことへの挽歌《ばんか》として作られたという。日本人初《はつ》のピアノと作曲の留《りゅう》学生《がくせい》としてドイツに渡《わた》るが、約《やく》1年で帰国《きこく》。翌年《よくとし》23歳《さい》で夭逝《ようせい》。他に『花《はな》』『お正月《しょうがつ》』『鳩《はと》ぽっぽ』など。1903年没《ぼっ》。

土井晩翠《どいばんすい》（作詞《さくし》）

1871（明治4）年12月5日、宮城県《みやぎけん》生まれ。いて座。詩人。島崎藤村《しまざきとうそん》と並《なら》んで、二大詩人と呼ばれた。ホメロスの『イリアス』『オデュッセイア』をギリシア語から日本語に翻訳《ほんやく》したことでも知られる。1952年没《ぼっ》。

城跡《しろあと》を見ていると、「あぁ、昔《むかし》は栄《さか》えていたのだなぁ」と思う。そんな内容《ないよう》の詩だ。滝廉太郎《たきれんたろう》が曲をつけた日本の名曲中《めいきょくちゅう》の名曲。外国人《がいこくじん》にも評判《ひょうばん》がいい。時の流れや、先人《せんじん》たちの栄枯盛衰《えいこせいすい》に思いをはせる。そんなムード。細《こま》かい意味は後回《あとまわ》しでいいので、まずは、歌って覚《おぼ》えよう。お母さんは歌ってあげるように!!

重大情報《じゅうだいじょうほう》があります。この『黄金虫《こがねむし》』って実はゴキブリのことじゃないかという説《せつ》が有力《ゆうりょく》なのだ。ツガーン。野口雨情《のぐちうじょう》の出身地《しゅっしんち》の北茨城地方《きたいばらきちほう》ではゴキブリのことをコガネムシと呼ぶ。ゴキブリは蔵《くら》があるくらい裕福《ゆうふく》な家にしか住《す》み着《つ》かない。この歌が歌われた当時のふつうの家はすきま風が寒くって、ゴキブリも逃《に》げ出すくらいだったらしい。ゴキブリが家にいる＝金持ちの証拠《しょうこ》。それを知ってから歌うとホラーソングに聞こえてくるだろう？　ほんとかどうか、作者の雨情さんに聞いてみたい、むりか。ちなみに雨情さんちは、金持ちだったらしい。

「黄金虫《こがねむし》」

一、黄金虫《こがねむし》は金持《かねも》ちだ

金蔵《かねぐら》建《た》てた
蔵《くら》建《た》てた
飴屋《あめや》で水飴《みずあめ》
買《か》って来《き》た

二、

黄金虫《こがねむし》は
金持《かねも》ちだ
金蔵《かねぐら》建《た》てた
蔵《くら》建《た》てた
子供《こども》に水飴《みずあめ》
なめさせた

野口雨情《のぐちうじょう》（作詞《さくし》）

１８８２（明治15）年５月29日、茨城県《いばらきけん》生まれ。ふたご座。作詞家《さくしか》。童謡《どうよう》三大作詞者の一人（他は北原白秋《きたはらはくしゅう》、西条八十《さいじょうやそ》）。代表作《だいひょうさく》に『七《なな》つの子《こ》』『赤《あか》い靴《くつ》』『しゃぼん玉《だま》』。また、大正期《たいしょうき》からさかんになった流行歌《りゅうこうか》（歌謡曲《ようきょく》）『船頭小唄《せんどうこうた》』などの作詞も多い。１９４５年没《ぼっ》。

中山晋平《なかやましんぺい》（作曲《さっきょく》）

１８８７（明治20）年３月22日、長野県《ながのけん》生まれ。おひつじ座。作曲家《さっきょくか》。島村抱月《しまむらほうげつ》と松井須磨子《まついすまこ》が劇団芸術座《げきだんげいじゅつざ》を旗揚《はたあ》げした時は座付《ざつ》き音楽家《おんがくか》として活躍《かつやく》。『カチューシャの唄《うた》』が大正時代を代表する大ヒット曲となった。『てるてる坊主《ぼうず》』『ゴンドラの唄《うた》』『証城寺《しょうじょうじ》の狸囃《たぬきばやし》』『砂山《すなやま》』など。１９５２年没《ぼっ》。

「通《とお》りゃんせ」

通《とお》りゃんせ
通《とお》りゃんせ
ここはどこの細道《ほそみち》じゃ
天神様《てんじんさま》の細道《ほそみち》じゃ
ちいっと通《とお》してくだしゃんせ
ご用《よう》のない者通《ものとお》しゃせぬ

この子《こ》の七《なな》つのお祝《いわ》いに
お札《ふだ》を納《おさ》めにまいります
行《い》きはよいよい
帰《かえ》りは恐《こわ》い
恐《こわ》いながらも
通《とお》りゃんせ
通《とお》りゃんせ

そこはかとなく怖《こわ》い歌です。ホラーソング。だいたいこの歌に出てくる天神様《てんじんさま》というのが菅原《すがわらの》道真《みちざね》の怨霊《おんりょう》をおさめる神社《じんじゃ》ですからむりもない。この歌を歌いながらあげた手の下をくぐっていく遊びをよくしましたね。最後《さいご》の『通《とお》りゃんせ』の「せ」でバッて手を下ろすから誰《だれ》かが捕《つか》まるんだよね。どこか行きたい場所《ばしょ》へ行《い》く途中《とちゅう》にある関門《かんもん》を、通過《つうか》するむずかしさや怖さを表《あらわ》していて、「くぐり遊び唄《あそびうた》」や「関所遊び《せきしょあそび》」といい、欧米《おうべい》やトルコにもみられます。

「ホーホー蛍《ほたる》こい」

ホー　ホー　蛍《ほたる》こい
あっちの水《みず》は　苦《にが》いぞ
こっちの水《みず》は　甘《あま》いぞ

ホー　ホー　蛍《ほたる》こい
山路《やまみち》　こい
行燈《あんど》の光《ひかり》で
またこいこい

「ホタル狩《が》りの唄《うた》」。人間が虫に呼びかけているということ自体《じたい》がおもしろいよね。でも捕《つか》まえる時に「ホー　ホー」といっても、ホタルが逃《に》げてしまうだけだと思うけどなぁ。これにはわけがあって、昔の人は、ホタルの光のことを「死んだ人の魂《たましい》が帰ってきたぞ」と考えていた。だから「こっちだぞ～」と呼びかけている意味があるようです。日本人はお花見《はなみ》や、紅葉《もみじ》狩《が》りなど、四季折々《しきおりおり》の自然の風物《ふうぶつ》を眺《なが》めて楽しむ習慣《しゅうかん》があるけれど、ホタル狩りもそんな中の一つなんですよ。

ヤ

犬《いぬ》が西《にし》向《む》きゃ

尾《お》は東《ひがし》

意味は「あたりまえ」ってことです。では、問題《もんだい》。犬が北向きゃ、尾《お》はどっちでしょう？　答えは当然《とうぜん》「南」です。

これはご飯《はん》のおいしい炊《た》き方《かた》を覚《おぼ》えるための歌。料理《りょうり》の本によると、正しくは「はじめちょろちょろ なかぱっぱ ぶつぶついったら火を引《ひ》いて 赤子泣《あかごな》いてもふたとるな」といいます。昔《むかし》は電気釜《でんきがま》じゃなくて、薪《まき》と釜で炊いたので、コツがいったのです。1．中火《ちゅうび》でゆっくり加熱《かねつ》。2．6〜7分経《た》ったら一気に強火《つよび》に。3．沸騰《ふっとう》したら火力《かりょく》を抑《おさ》えて10〜20分。釜の温度《おんど》を下げないために、たとえ赤ちゃんが泣いたとしても（どんなことがあっても）最後《さいご》まで蓋《ふた》をあけてはいけません。これ、キャンプで飯《はん》ごう炊《すい》さんするときに使えるね。

はじめちょろちょろ
なかぱっぱ
赤子《あかご》泣《な》く（いて）ともふたとるな

月《つき》月《づき》に月《つき》見《み》る月《つき》は多《おお》けれど
月《つき》見《み》る月《つき》はこの月《つき》の月《つき》

こういうのを「かさねことば」といいます。同じ音《おん》の言葉が重《かさ》なってるでしょ。そしてダジャレっぽい。同じ「月」でも、この場合《ばあい》は暦《こよみ》の「月」と天体《てんたい》の「月」という別々《べつべつ》のものが代《か》わりばんこになっている。他のかさねことばには「庭《にわ》には二《に》羽《わ》鶏《にわとり》がいる」なんてのがある。

「ことわざ」というのは誰《だれ》がいつ作ったのかわからないけど、生きていく知恵《ちえ》が人伝《ひとづ》てに口伝てに何十年、何百年と残ってきたもの。庶民《しょみん》の知恵《ちえ》。だからことわざを知っていると得《とく》をする。「果報《かほう》」とは良い知らせのことだよ。

寝《ね》る子《こ》は育《そだ》つ

果報《かほう》は寝《ね》て待《ま》て

早起《はやお》きは三文《さんもん》の徳《とく》

桃栗三年柿八年《ももくりさんねんかきはちねん》

「桃栗三年《ももくりさんねん》～」は実がなるまでの時間。転《てん》じて、なにごとも相応《そうおう》の年季《ねんき》を入れる必要《ひつよう》があるぞ、って意味。もっと時間がかかるバージョンもあるよ。桃栗と柿の後《あと》に、「柚《ゆず》は九年《くねん》の花盛《はなざか》り」「梅《うめ》は酸《す》い酸《す》い十三年《じゅうさんねん》」などと続くんだ。

虎穴《こけつ》に入《い》らずんば虎子《こじ》を得《え》ず

「トラのいる穴《あな》に入らないと、トラの子（すごくいいもの）は手に入らない」。危険《きけん》を冒《おか》して勇気《ゆうき》をもって進まなければ、なにも成果《せいか》は上げられないという意味《いみ》の「故事成語《こじせいご》」。故事成語とは、昔《むかし》あった出来事《できごと》から生まれた教訓《きょうくん》や古人《こじん》の言葉が慣用句《かんようく》になったもの。

李《り》下《か》に冠《かんむり》を正《ただ》さず

「李《り》」はスモモのこと。スモモの木の下で冠《かんむり》のかぶり方を直《なお》していると「あいつスモモを盗《ぬす》もうとしてんじゃないか?」とあらぬ疑《うたが》いをかけられる危険性《きけんせい》がある。↓疑われるようなまぎらわしいことはするなよ、という教《おし》え。

抜《ぬ》き足《あし》
差《さ》し足《あし》
忍《しの》び足《あし》
抜《ぬ》き足《あし》

差《さ》し足《あし》
忍《しの》び足《あし》
抜《ぬ》き足《あし》
差《さ》し足《あし》

忍《しの》び足《あし》

これって泥棒《どろぼう》が歩く時のお決まりの表現《ひょうげん》です。抜《ぬ》き足差《あしさ》し足とは、音がしないように、つま先で静かにゆっくり歩く様《さま》。でもさー、思うんだけど、ちっとも進まないよね。こんなんで泥棒できんのかしらん？　とこっちが心配《しんぱい》になっちゃうよね。昔《むかし》は泥棒ものんびりしてたのかな。

西向《にしむ》く士《さむらい》

平気《へいき》の平左衛門《へいざえもん》

礼《れい》に始《はじ》まり礼《れい》に終《お》わる

「西向《にしむ》く士《さむらい》」は、小《しょう》の月《つき》の覚《おぼ》え方《かた》。ほら、2月、4月、6月、9月、11月は28日・29日・30日までしかないでしょう。じゃあ、2・4・6・9をニシムクと読むのは想像《そうぞう》がつくけど、11がなぜ「サムライ」なのか。これは漢字の「士《さむらい》」を分解《ぶんかい》すると、「十一《じゅういち》」になるからなんです。あったまいい！

「礼《れい》に始《はじ》まり礼《れい》に終《お》わる」は柔道《じゅうどう》や剣道《けんどう》、華道《かどう》や茶道《さどう》などでよく使われる言葉だけれど、大人のお酒《さけ》の席《せき》は「礼に始まり乱《らん》に終わる」となります。「部長《ぶちょう》がなんだってんだ、ウイ～」。

立《た》てば芍薬《しゃくやく》

座《すわ》れば牡丹《ぼたん》

歩《ある》く姿《すがた》は百合《ゆり》の花《はな》

美人ってぇのはこういう女だー!! とみごと言い切りました。「芍薬《しゃくやく》」「牡丹《ぼたん》」「百合《ゆり》」、三拍子《さんびょうし》そろった美しさ。「歩《ある》く姿《すがた》は百合《ゆり》の花《はな》」てのが、背筋《せすじ》がすっと伸《の》びている感じだ。何か美しいものに出会ったら、花にたとえてみるといいね。たちまち華《はな》やいでくるよ。

都々逸《どどいつ》

しゃれた歌詞《かし》をアドリブ、つまり即興《そっきょう》で歌うのが都々逸《どどいつ》の始まり。江戸《えど》時代の天保《てんぽう》から嘉永年間《かえいねんかん》（一八三〇〜一八五四）に大流行《だいりゅうこう》した言葉遊び。ルールはかんたんで七《しち》・七《しち》・七《しち》・五《ご》の4句になっていればいい。男女間《だんじょかん》の情《じょう》を歌ったものが多い。

おっと合《がっ》点《てん》承《しょう》知《ち》之《の》助《すけ》

新庄選手《しんじょうせんしゅ》がよくいう「そんなのムリオちゃん！」はこのパターンといっしょ。
意味は「おっと合点《がってん》…」とは反対《はんたい》ですけどね。

驚《おどろ》き桃《もも》の木《き》山《さん》椒《しょ》の木《き》

「驚《おどろ》き」の「き」が「木」にすりかわっちゃった。気の利《き》いた手品《てじな》のようだ。

何《なに》か用《よう》か九《ここの》日《か》十《とお》日《か》

「用《よう》か」が「八日《ようか》」に聞こえちゃうんだよねー。ダジャレ的《てき》！

結構《けっこう》毛《け》だらけ猫《ねこ》灰《はい》だらけ

「結構《けっこう》」の「け」が「毛」になり「毛だらけ」が「猫《ねこ》」を連想《れんそう》する三段転回《さんだんてんかい》！

嘘《うそ》を築地《つきじ》の御門跡《ごもんぜき》

「うそつき」の「つき」から「築地《つきじ》」という地名《ちめい》が出て、最後《さいご》は築地名所《めいしょ》の御門跡《ごもんぜき》と続く。

その手《て》は桑名《くわな》の焼蛤《やきはまぐり》

「食《く》わない」が「桑名《くわな》」という地名にかわって、桑名名物《めいぶつ》の焼き蛤《はまぐり》と続く。

恐《おそ》れ入谷《いりや》の鬼子母神《きしぼじん》

「恐《おそ》れ入《い》りやした～」の中に「入谷《いりや》」という地名が！　となるとすかさず名所の鬼《き》子母神《しぼじん》を紹介《しょうかい》！「きしもじん」ともいいます。

ちゅう、
ちゅう、
たこ、

かい、

な。

おはじきなどを数える時に、親指《おやゆび》と人差《ひとさ》し指で二つずつ、ちゅう(二《に》)、ちゅう(四《し》)、たこ(六《ろ》)、かい(八《は》)、な(十《とう》)と、10を数えるんだよ。なにがなんだかよくわからないけど、普通《ふつう》に数えるよりも、おかしみがあっていいよね。

「いちじく人参《にんじん》」

無花果《いちじく》
人参《にんじん》
山椒《さんしょ》に
椎茸《しいたけ》
牛蒡《ごぼう》に

※無患子《むくろじゅ》
七草《ななくさ》
初茸《はったけ》
胡瓜《きゅうり》に
冬瓜《とうがん》

頭の音《おん》が右から順《じゅん》に1、2、3、4、5……って10までなっているでしょ。こういうのを「数《かぞ》え唄《うた》」という。なかでも、これは、羽根突きをする時に歌いながらやったので「羽子《はご》突《つ》き唄《うた》」です。だから羽根つきの玉である無患子《むくろじゅ》が歌に出てきます。昔『一本でもにんじん』というなぎら健《けん》壱《いち》のヒット曲（『およげ！ たいやき君《くん》』のB面《めん》）がありましたね。キミも数え唄を作ってみよう。

※ムクロジ科《か》の高木《こうぼく》。高さは10メートル以《い》上《じょう》にもなる。実《み》は熟《じゅく》すと黄褐色《おうかっしょく》になり、中の種《たね》は羽根《はね》突《つ》きの羽根（羽子《はご》）の玉《たま》に使う。実の皮《かわ》は泡立《あわだ》つのでせっけん代《が》わりに使った。昔《むかし》の人にはなじみが深《ふか》い樹木《じゅもく》。

「一《いち》番《ばん》始《はじ》めは」

一《いち》番《ばん》始《はじ》めは一《いち》の宮《みや》
二《に》また日光中禅寺《にっこうちゅうぜんじ》
三《さん》また佐倉《さくら》の宗五郎《そうごろう》
四《し》また信濃《しなの》の善光寺《ぜんこうじ》
五《いつ》つ出雲《いずも》の大社《おおやしろ》

六《むっ》つ村々《むらむら》鎮守《ちんじゅ》様《さま》
七《なな》つ成田《なりた》の不動《ふどう》様《さま》
八《やっ》つ大和《やまと》の法隆寺《ほうりゅうじ》
九《ここの》つ高野《こうや》の弘法《こうぼ》様《さま》
十《とお》で東京心願寺《とうきょうしんがんじ》

昔《むかし》は女の子は、まりつきをしたもんだ。今でいうドリブルだな。その時歌うのが「手《て》まり唄《うた》」。やっぱり1から10の数字になっている。この手まり唄は全国の有名なお寺、神社《じんじゃ》を読みこんだバージョン。いや、みごとなもんだね～。

睦月《むつき》
如月《きさらぎ》
弥生《やよい》
卯月《うづき》
皐月《さつき》
水無月《みなづき》

文月《ふ(み)づき》

葉月《はづき》

長月《ながつき》

神無月《かんなづき》

霜月《しもつき》

師走《しわす》

1月から12月までの月の昔《むかし》の呼び方。これくらいは覚《おぼ》えておこう。でもね、島根県《しまねけん》の人は注意《ちゅうい》！ 10月は神無月《かんなづき》といわず、神在月《かみありづき》（神有月《かみありづき》）という。なぜって？ 出雲大社《いずもたいしゃ》に全国から神様が大集合《だいしゅうごう》する時期《じき》だから、他の地域《ちいき》では神が「無《なし》」になって出雲は神が「在《あり》」になるってわけ。

巳〈み〉辰〈たつ〉卯〈う〉寅〈とら〉丑〈うし〉子〈ね〉

「十二支《じゅうにし》」。年《とし》の数え方。12年でひとまわりする。十二支の動物《どうぶつ》は順《じゅん》に、ネズミ、ウシ、トラ、ウサギ、タツ、ヘビ、ウマ、ヒツジ、サル、ニワトリ、イヌ、イノシシ。タツだけが想像上《そうぞうじょう》の動物《どうぶつ》だ。人に「何歳《なんさい》？」って聞けない時は「干支《えと》は何年《なにどし》？」って聞けば歳《とし》がわかる。歳をサバ読んでいる人は「うっ」ってつまる。昔《むかし》は時刻《じこく》や方角《ほうがく》も十二支を使っていたんだよ。

午《うま》未《ひつじ》申《さる》酉《とり》戌《いぬ》亥《い》

あいうえお
かきくけこ
さしすせそ
たちつてと
なにぬねの

	わ	ら	や	ま	は
	ゐ	り	い	み	ひ
	う	る	ゆ	む	ふ
	ゑ	れ	え	め	へ
ん	を	ろ	よ	も	ほ

いろはにほへと
ちりぬるを
わかよたれそ
つねならむ

うゐのおくやま
けふこえて
あさきゆめみし
ゑひもせす

あいうえお

誰《だれ》もが知ってる「五十音図《ごじゅうおんず》」「あいうえお」は、母音《ぼいん》と子音《しいん》の関係《かんけい》が秩序《ちつじょ》立《だ》って並《なら》んでいて、数学的《すうがくてき》な美しさが感じられる。これはいつ生まれたかというと、実はびっくりするくらい古い。平安《へいあん》中期なんだって。でも昭和《しょうわ》の初め頃までは、次のページにある「いろは」の方が優勢《ゆうせい》だったんだ。一千年近くも「あいうえお」と「いろは」は、ハイレベルの国語《こくご》覇権《はけん》争《あらそ》いをしてるライバルなのだ。

いろはにほへと

「いろは歌《うた》」「色《いろ》は匂《にほ》へど散《ち》りぬるを　我《わ》が世《よ》誰《たれ》そ常《つね》ならむ　有為《うゐ》の奥山《おくやま》今日《けふ》越《こ》えて　浅《あさ》き夢見《ゆめみ》じ酔《ゑ》ひもせず」とみごとに同じ文字を使わずに歌を歌っているのがすごい。文字パズルみたいになっている。意味は、「花は咲いていてもいつか散《ち》ってしまう。世の中では変わらずに存在《そんざい》し続けるものなんてないのだ。人生という山をまた一つずつ越《こ》えていく。はかない夢は見たくない、それに酔《よ》いしれることもなく」。もととなったのは『涅槃経《ねはんぎょう》』という経典《きょうてん》で、仏教《ぶっきょう》の無常観《むじょうかん》をあらわしている。平安中期に成立《せいりつ》。

星座別アーティストデータ

	星座	享年
金子みすゞ	おひつじ座	26
ヴェルレーヌ		51
中山晋平		65
高野辰之		70
島崎藤村		71
佐藤春夫		72
野村萬斎		
中原中也	おうし座	30
シェイクスピア		52？
二代・広沢虎造		65
斎藤茂吉		70
太宰治	ふたご座	38
野口雨情		62
小林一茶		65
ジャン・コクトー	かに座	74
坪内逍遙		75
曲亭馬琴		82
滝廉太郎	おとめ座	23
宮沢賢治		37
若山牧水		43
竹久夢二		49
三好達治		63
正岡子規	てんびん座	35
上田敏	さそり座	41
カール・ブッセ		46
萩原朔太郎		55
上野嘉太櫨		73
与謝野晶子	いて座	63
金子薫園		74
土井晩翠		80

	星座	享年
山村暮鳥	やぎ座	40
道元		54
福沢諭吉		66
堀口大学		89
八木重吉	みずがめ座	29
夏目漱石		49
北原白秋		57
岡野貞一		63
高橋康也		70
井伏鱒二		95
石川啄木	うお座	26
高村光太郎		73
河竹黙阿弥		76
行友李風		82
紫式部	不明	37？
松尾芭蕉		51
光孝天皇		57？
杜甫		59
清少納言		60？
鴨長明		62
宮本武蔵		62？
十返舎一九		67？
与謝蕪村		68
兼好法師		70？
孔子		73？
紀貫之		76？
世阿弥		81？
額田王		不明
広瀬惟然		不明

享年（死んだ時の年齢）もご覧ください。最も夭逝（年若くして死ぬこと）なのは滝廉太郎23歳、最も長寿なのは井伏鱒二95歳。夏目漱石は享年49、紫式部は享年37くらい。いろいろ考えさせられます。

あとがき　「人《ひと》が書《か》いた」

僕が暗誦文化《あんしょうぶんか》を通《つう》じて、ほんとうに願《ねが》っているのは、「日本語はただ美しいだけじゃなくて、さまざまな感情《かんじょう》が含《ふく》まれているんだなぁ」ということがわかってくれることなんです。

ここに収録《しゅうろく》されたいろんな名文を読んでみると、一人の人間が悩《なや》んだり、苦《くる》しんだりして文を書いていることがよくわかります。名文を読んだら、書いた人のことも知りたくなるでしょ？　だからその説明《せつめい》は少し踏《ふ》み込《こ》んで書いてみました。調《しら》べてみると、どの人も〝過剰《かじょう》なエネルギー〟を持《も》った人たちでした。「過剰なエネルギーを文にぶつけたところに名文あり！」といいたいぐらいだ。

なかには、悲しみを歌った中原中也《なかはらちゅうや》だとか、大人の恋愛《れんあい》を描《えが》いた佐藤春夫《さとうはるお》だとか、「子どもにはちょっと早すぎるんじゃないか？」と思うようなものもあります。けれど、年齢《ねんれい》が早いうちから多種多様《たしゅたよう》な感情にふれることで、想像力《そうぞうりょく》がつくようになる。想像力がつくとさらに感情が豊《ゆた》かになる。

「すごいなぁ」とか「これはなんなんだろう？」と思うことで、どんどん心が広く深くオープンになっていく。そんなクセを根付《ねづ》かせたい。これが僕の願いです。

子どもの頃から思い切ってレベルの高い日本語を覚《おぼ》えちゃおう。

子どもの吸収力《きゅうしゅうりょく》はなんたって無尽蔵《むじんぞう》ですから。

ＮＨＫテレビの『にほんごであそぼ』を見て、この本を読んで育った子どもたちが青年《せいねん》になり、大人になる頃、日本は明らかに変わっているでしょう。

日本語のパワーを体内《たいない》に備《そな》えた人間が、文化や政治《せいじ》や経済《けいざい》を支《ささ》えるのです。海外の国々との付き合いもそんな人たちがするのです。それが僕の夢。楽しみだなぁ。変化のきっかけを与えられたことに僕は少し満足《まんぞく》しています。確かに今は日本語ブームなのだけれど、大きなうねりの始まりなのです。テレビ『にほんごであそぼ』は、歴史《れきし》の転換点《てんかんてん》となるでしょう。出演《しゅつえん》の素敵《すてき》な子《こ》どもたちと、優秀《ゆうしゅう》な番組スタッフに感謝《かんしゃ》します。この本もその一助《いちじょ》になると思います。

最後《さいご》になりましたが、ページを開けば文字がドッと入ってくる美しいデザインをしてくださったデザイナーの佐藤卓《さとうたく》さんと三沢紫乃《みさわしの》さん、ライターの輔老心《すけたけしん》さん、集英社児童書編集部《しゅうえいしゃじどうしょへんしゅうぶ》・山本純司《やまもとじゅんじ》さん、稲垣純《いながきじゅん》さんどうもありがとうございました。

さて。

もう一度、最初《さいしょ》のページに戻《もど》って、名文を暗誦しよう！

何度《なんど》も何度も繰《く》り返《かえ》し読むべし！

平成十七年（二〇〇五年）　四月

齋藤孝《さいとうたかし》

齋藤孝　さいとうたかし（著者）（さそり座）

NHK教育テレビ『にほんごであそぼ』企画・監修
1960年静岡生まれ。東京大学法学部卒業。東京大学大学院教育学研究科学校教育学専攻博士課程等を経て、現在、明治大学文学部教授。専門は教育学、身体論、コミュニケーション論。著書に、「ちびまる子ちゃんの音読暗誦教室」「喫茶店で2時間もたない男とはつきあうな!」「声に出して読みたい日本語」「座右のゲーテ」「座右の諭吉」等多数。

2005年1月末日、齋藤孝は新潟中越地震で被災した長岡の小学生を相手に日本語の授業をした。2時間近くに渡ってランボーや漱石や寿限無などの音読や暗誦を繰り返し、言葉遊びのゲームも行った。子供たちも氏もみるみる笑顔に満ちていく。エネルギーを交換してお互いに強くなっていく。これが教育だ。

佐藤卓　さとうたく（アートディレクター）（やぎ座）

NHK教育テレビ『にほんごであそぼ』アートディレクション
1955年東京生まれ。1979年東京芸術大学デザイン科卒業、1981年同大学院修了、株式会社電通を経て、1984年佐藤卓デザイン事務所設立。主な仕事に、「ニッカ・ピュアモルト」「ロッテ・キシリトールガム」「大正製薬・ゼナ」「明治おいしい牛乳」等の商品デザイン。「金沢21世紀美術館」「首都大学東京」等のシンボルマークデザイン等。

佐藤卓は見えるところにスタイルを持たないデザイナー。彼は仕事の場で自分を主張するようなことはしない。己を無にして対象が語りだすのを待つ。余計なものを削ぎ落としたぎりぎりの表現の中から、豊かなものが溢れてくる。佐藤マジック。この本では、賢治の言葉や万葉の歌に何も足さずに新たな生命を吹き込んだ。

にほんごであそぼ

NHK Eテレ放送
「ややこしや」「寿限無」「雨ニモマケズ」などのブームを巻き起こした画期的な日本語番組。斬新な美術デザインと映像感覚が大評判。グッドデザイン大賞受賞。出演はKONISHIKI、野村萬斎、神田山陽ほか。衣装と美術はひびのこづえ。4歳から小学校低学年向けの番組だが中高生大人高齢者にも人気がある。

日本語を遊びつくすために生まれた番組『にほんごであそぼ』。名文から言葉遊びまで古今の日本語の魅力を、言葉の響きやリズムを楽しむことを通して、また、アニメーションや様々な遊びを通して、からだ全体で味わうのがねらいです。これをきっかけに粋で豊かな日本語の世界を親子で遊びませんか?
（『にほんごであそぼ』プロジェクト）

にほんごであそぼ　雨ニモマケズ

二〇〇五年四月三十日　第一刷発行
二〇二五年二月　八日　第七刷発行

著者	齋藤孝
アートディレクション	佐藤卓
デザイン	三沢紫乃
制作協力	NHKエデュケーショナル
発行人	今井孝昭
発行所	株式会社　集英社
	〒101-8050 東京都千代田区一ツ橋二丁目五番十号
	電話　【編集部】03-3230-6024
	【読者係】03-3230-6080
	【販売部】03-3230-6393（書店専用）
印刷製本所	大日本印刷株式会社

「にほんごであそぼ　雨ニモマケズ」のホームページ
http://kids.shueisha.co.jp/manten/nihongo/

JASRAC 出 0503175-407 ／ printed in Japan ／ ISBN4-08-780409-7　C0090

また見つかった、
何が、永遠が、
海と溶け合う太陽が。
ランボー　訳／小林秀雄

ちびまる子ちゃんの四コマ漫画が笑えます。

「ちびまる子ちゃんの音読暗誦教室」

齋藤孝

キャラクター原作／さくらももこ

好評発売中

西ニツカレタ母アレバ
行ッテソノ稲ノ束ヲ負ヒ
南ニ死ニサウナ人アレバ
行ッテコハガラナクテモイヽ
行ッテトイヒ
北ニケンクワヤソショウガアレバ
ツマラナイカラ